美丽中国
Beautiful China

把花草画进书本里

—— 本书编辑组 编 ——

甘肃科学技术出版社

图书在版编目（CIP）数据

把花草画进书本里 /《把花草画进书本里》编辑组编. -- 兰州：甘肃科学技术出版社，2021.2
（"美丽中国"丛书）
ISBN 978-7-5424-2797-7

Ⅰ. ①把… Ⅱ. ①把… Ⅲ. ①纪实文学－作品集－中国－当代 Ⅳ. ① I25

中国版本图书馆 CIP 数据核字(2021)第 035002 号

把花草画进书本里

本书编辑组 编

项目团队	星图说
项目策划	宋学娟
项目负责	杨丽丽
责任编辑	杨丽丽 李叶维
封面设计	杨 楠

出　版　甘肃科学技术出版社
社　址　兰州市读者大道 568 号　　730030
网　址　www.gskejipress.com
电　话　0931-8125103（编辑部）　0931-8773237（发行部）
京东官方旗舰店 https://mall.jd.com/index-655807.html

发　行　甘肃科学技术出版社　　印　刷　三河市嵩川印刷有限公司
开　本　787 毫米 ×1092 毫米　1/16　印　张　13　插　页　2　字　数　180 千
版　次　2021 年 8 月第 1 版
印　次　2021 年 8 月第 1 次印刷
印　数　1~5 100 册
书　号　ISBN 978-7-5424-2797-7　　定　价　48.00 元

图书若有破损、缺页可随时与本社联系：0931-8773237
未经同意，不得以任何形式复制转载

道法自然 天长地久
——写在"美丽中国"丛书出版之际

徐兆寿

放在我面前的六本书稿，都是关于生态文明建设方面的文章合集，都在《读者》及其他刊物上发表过，有过广泛的读者群体，现在把它们分类集合起来，重新以生态文明建设的主题呈现给读者，这对当下来讲，算是一个大功德。甘肃科学技术出版社总编辑宋学娟女士是我学妹，是我认识的好编辑，也是这套书的策划者。她嘱我来写这篇序，我在委婉拒绝而又未能拒绝之后也便答应了。但是，当我真正要写这篇文章时，感到好为难。一则没有时间去看完这些文章，不能简单地说好；二则看了一部分文章后，反而对个别文章的观点和倾向有些不赞成，我就明白这是百年来我们数代人走过的曲折的心路历程，真的是摸索着走的，所以有些是要赞赏的，有些是要反思的。

细想起来，我们这一代作家和学者，有一个共同的特点，大多数都是从土里生在土里长大的，后来到城市读大学、工作、写作、研究，因为经历了1980年代的知识爆炸，西方的文化思想相对接触得较多，写作、研究不免有一点西化。对于我来讲，大学四年，除了两学期每周四节课的外国文学外，其他课堂上学的都是中国文学，但手里捧的全都是西方文学，去图书馆借来的都是西方文学名著，四处游走时背包里总是放一本普希金或聂鲁达或尼采的诗集，当然，从古希腊到后现代的西方哲学著作几乎都生吞活剥地读完了，以为自己是一个世界人，"中国"二字有一段时间似乎觉得有些小。

　　可是，等到四十岁以后，生命自身开始往土里退，总是发现母亲已经苍老，大地也一片荒芜，故乡已无人守护，便情不自禁地往回退，退到故乡写作，退到中国，退到古代。从故乡出发而研究世界，以故乡为原点构建一个文化世界，以故乡为方法重新理解中国和世界。回忆是无穷无尽的。原来觉得中国很小，现在觉得故乡都太大，一生也未必能理解。原来只关心天空不关心大地，现在觉得大地才是母亲，天地人合一才是完美世界。

　　于是，我们这代人逐渐地从有些盲目的世界撤回中国乃至故乡，然后再从故乡出发，重建中国和世界。一走一回，一生也就这样匆匆结束了。当然，也并非整整一代人都是如此，有一些人始终未走出去，还有一些人走出去就再没回来过，一直在世界上流浪。那些光鲜的人生背后，是他们迷茫的叹息。这也许是整个人类共同的故事。参与世界历史运动，漫游世界并向世界学习，是奥德修斯的英雄故事，但他经历苦难回归故乡、重建国家才是他真正的英雄历程。

　　我从2004年开始研究中国传统文化，从2008年研究西方文化，十多年来，每给学生讲一个问题，我都会从中西两方面对比去讲，慢慢地我发现中国文化确与西方文化在世界观、方法论上有着很大的不同。理解了不同，也就往往不会拿一把尺子来说事情了，就会对比来看问题，这样对中国文化的信心也就慢慢建立起来了。西方文化的伦理来自两个方面，一个是宗教，一切都有上帝创造，是一神教和一元论思维；另一个是古希腊文化，是科学和理性，或者人们把它叫科学和哲学。两个方面在罗马时代慢慢走到了一起，但在近代又产生了冲突。总体来讲，西方精神一直处于冲突之中。但中国文化不一样，她长期保持稳定。稳定的原因主要在于中国人很早就建立了一种理性精神，这就是朴素的自然观。这种自然观在宏观理论层面是由上古天文、地理学知识建立起来的，即天地人三才思想、阴阳五行、天干地支等，在微观层面也同样把这些宏观理论进行实践。这在最初没有人去怀疑它，但到后来就有越来越多的人反对，到近现代时则被定性为迷信。因为最初的天文地理学知识被搁置起来了，科学和理性精神被放弃了。所以，现在我们必须重新返回上古时代，重建中国人道法自然的科学观，而这样的重建也需要今天的科学和各种人文知识的参与验证。

当我明白这些时，已经到知天命的时候了。当然，它还不晚。孔子研究和写作《周易》《春秋》时已经到五十六岁以后了。我觉得我还有时间去跟着古代的圣人们重新去观测太空，重新去丈量大地、观察万物，还可以用今天的天文学、地理学和各种知识去验证它。这是一种幸福的感受。

现在再来说说即将出版的这六部著作，"美丽中国"是中国共产党第十八次全国代表大会提出的概念，强调把生态文明建设放在突出地位，树立尊重自然、顺应自然、保护自然的生态文明理念，努力建设美丽中国，实现中华民族永续发展。这是本丛书策划的初衷，也是我近年来关注的课题。丛书中所选文章大多数都是我们这几代作家们写的，所以便打着百年来不同代际作家的精神印痕，也便能知道哪些是珍珠，哪些是石子。其中印象最深的是《舌尖上的春天》的开篇《落花生》，以前在课堂上也学过一篇《落花生》，老师讲得入木三分，但那时我没吃过花生，无法理解南方人的情致。那时我们吃的零食很少，最多能吃到葵花籽、大豆、豌豆、炒麦粒，当然还有黑瓜籽、葫芦籽等。花生也在城里见过，但没钱买，没吃过。第一次吃花生大概是到大学时候了吧，才又想起那篇《落花生》来。我没见过花生的花朵，也可能正如南方人没见过我们这边的洋芋花、马莲花、苜蓿花一样。那真是令人终生难忘。读此文，本想要找到一些道法自然的境界来，可读到后半段时，看到的只是人类如何将它作为美餐的各种法子。这才是舌尖上的落花生。花生来到世上，最高兴的当然也莫过于生长顺利，然后盼望能给世界贡献点什么，只是它未必能感受到快乐。快乐是人类的。由此我便想到也许我们百年来读到的很多关于自然的文章，有可能只是能显示出我们人类的贪婪来。这自然是人性了，便为我过去的人生感到可惜，因为我也曾写过这样的文章。后来又突然顿悟，这可不就是五行相生相克的真理吗？使它变成另一种东西，然后再生出新的生命来，如此，大自然方能生生不息。如果它不死，不再转化为别的生命的养料，大自然又如何重生呢？如此一波三折，使我又一次顿悟古老的道法自然的真理来。于是，这部书从这个角度来讲，便也有些意思了。

　　第二个印象便是扶贫。人类在早期处于贫困阶段，所以便与自然之间形成了张力。当自然强大时，万物皆灵，人类很渺小，于是人类就有了多神教，再后来有了一神教。当人类稍稍强大时，便对自然有了理解，所以就与自然和谐相处,这就是道法自然、天人合一等观念产生的基础。但是,人类希望继续强大,终于到了资本主义时代,正如马克思所陈述的那样,在很短的时间内产生了比过去人类生产的财富之和还要多得多的财富,它的腐朽和堕落也便显示了出来。它一方面产生了不平等,很多财富垄断在极少数人的手里,导致绝大多数人处于被奴役的处境,另一方面它以破坏自然为代价,将自然踩在脚下。

所以我总在想,我们老是说我们是贫困的,可我们比古人来讲已经有太多的财富,那么,我们今天的贫困概念是以什么为尺度来判断的,显然,当我们把我们国家放在发展中国家时,就是以西方为标准,在这里,就产生了悖论,即到底什么才是真正的贫困?如果我们的财力、物力、国力超过西方发达国家时,我们就不贫困了吗?我们为此将会付出怎样的代价?我们与自然的关系又将如何?这里面的很多文章多是讲物质的贫困,也有讲精神的贫困,但鲜有从中国古老哲学的角度去反思的。

第三个主题是山川治理。这会使人立刻想到电影《阿凡达》。这是一部反思西方殖民文化和资本主义文化的电影,它强调人与自然的和谐,强调人要回到大自然去,回到人的本位上去。整个西方社会的生态反思行动是从20世纪初开始的,在七八十年代形成一个高潮。中国要晚得多,一直到了21世纪初才开始,但因为生态理念与中国传统文化的价值一致,所以中国人领悟得快。习近平总书记提出"绿水青山就是金山银山",这是从国家层面提出的生态文明治理理念,是很快被人们记住的金句和行动纲领。很多地方迅速行动起来,使生态得以恢复。但是,就西部来讲并不这么简单,还需要艰苦治理才行。这些著作里面的一些文章反映的就是这个主题,它有力地回应了当下中国乃至世界的时代命题。

但遗憾的是这些文章大多数都太实了,少了一些哲思,尤其是少了对中国传统文化生态观的深刻思考。如果能再多些这样的文章，则这套书就非常好了。当然，作为出版者，紧扣时代主题，策划出版这样一套宣传和阐释"美丽中国"理念的通俗普及读物，已属不易，理当为之呼与歌！

2021年春节于兰州

徐兆寿，著名文化学者，教授，博士生导师。现任西北师范大学传媒学院院长，甘肃省电影家协会主席，甘肃省当代文学研究会会长，全国当代文学研究会常务理事，全国文艺评论家协会理事。中国作家协会会员，甘肃省首批荣誉作家。《当代文艺评论》主编。教育部新世纪人才，"四个一批人才"。国家社科基金重大项目首席专家，第十届茅盾文学奖评委。1988年开始在各种杂志上发表诗歌、小说、散文、评论等作品，共计500多万字。

目 录

001 曾孝濂：把花草画进书本里
006 独具特色的绵竹木版年画
009 徽州工匠
012 徽州民居
014 匠心躬耕在沙漠
019 靖州雕花蜜饯
022 两代故宫人
030 木雕传承人——郑春辉
034 山西民间炕围画
038 我在这里吹个糖人，愿你归来仍是少年
043 心守一事

045　修书即修行
052　寻纸记
061　桃花坞木刻年画
065　乡村榨坊
067　窑洞时代
073　油纸伞：四百年来川南的烟雨和晴天
078　灶花：崇明乡间的艺术奇葩
083　毡匠
087　重现老北京舌尖上的风雅
091　做豆腐的父亲
094　东北的"老窗户纸"
096　非遗传人赵张永：菊文化的守望者
100　北京绢人的软雕塑艺术
103　代州面花赋
108　丹噶尔皮绣：日月山下的艺术珍品
111　广西瑶袋艺术
116　精美而沉重的技艺——苗族打银
119　莱芜锡雕
123　黎锦：纺织史上的艺术奇葩

126　临沭柳编

129　临沂彩印花布

133　濮阳麦秆画

136　庆阳香包——民俗"活化石"

139　"名楼"荟萃农家院

139　——丁武明和他的微缩古建筑博物馆

143　"太平鼓王"魏永宏：愿用一生传承太平鼓

148　打铁

151　感悟惠山泥人

154　黄永松：四十年守望民间

159　灵宝的民间刺绣

167　鲁西南花格子布

173　黄杨木上刻光阴

176　王鹏：斫琴即修行照见天地心

185　用剪刀作画的人

188　云南红土陶

191　张宇：游走在艺术与烟火之间

195　编后记

曾孝濂：把花草画进书本里

杨文明

人物小传

曾孝濂：1939年生，中科院昆明植物研究所教授级画师、工程师、植物科学画家；长期从事科技图书插图工作，已发表插图2000余幅；20岁进入中科院昆明植物研究所，参与《中国植物志》植物标本图创作；美术作品曾在世界多国展出，出版《中国云南百鸟图》《花之韵》等画册。

前不久，八十高龄的曾孝濂赶到北京世界园艺博览会，来看看自己那幅《影响世界的中国植物》，为了这幅长2.5米、宽1.17米的植物科学画，他耗时半年记录37种原产中国的植物。"花了180天，值了！我的任务就是让大家看到画后能感叹一句，哦，原来这些都是土生土长的中国植物！"虽已退休多年，曾孝濂却丝毫没有闲下来，时常一出差就是半个月——不是为了推广科学画，就是写生创作。

历时30余年参与编纂《中国植物志》，已发表各类科学著作插图2000余幅，设计《杜鹃花》《绿绒蒿》《中国鸟》等九套邮票，又画了100幅花、100幅鸟……从1958年进入中科院昆明植物研究所开始，曾孝濂再也没有搁下过画笔。这几年，他还开始了自己又一项庞大的计划——再画 100 幅热带雨林大画。"小时候的爱好竟然成了一辈子的事业，我很幸运。"曾孝濂感慨道。这段与植物画的情缘，一续就是 60 年。

"无一花无出处，无一叶无根据"

作为全世界最大型、种类最丰富的植物学巨著，《中国植物志》全书近 5000 万字，记载了中国 301 科 3408 属 31142 种植物，仅目录索引就有 1155 页。曾孝濂和全国 300 多位植物分类学家、164 位插图师，耗时 45 年才编纂完成。1959 年，刚刚工作第二年的曾孝濂就有幸被抽调为植物志绘图员，为植物志画插图。

"《中国植物志》是国之典籍，能够参与其中的插图绘制是我莫大的荣幸。"讲起当年的创作，曾孝濂依然流露出自豪。"能通过画画为国家做一点实实在在的工作，这辈子值了。"

1958 年，高中毕业的曾孝濂进入中科院昆明植物研究所，职务是见习绘图员。"主流派画家批评谁画得不好，会说你画得跟标本似的；可对植物科学画来说，画标本却是最基本的要求。"曾孝濂说，为了完成《中国植物志》的插图，不少美院的学生被抽调来；但植物科学画的严谨，让很多学生打了退堂鼓，反倒是像曾孝濂这样的植物科学画爱好者坚持了下来……

"其实植物科学画比工笔画更难，一朵花是 5 个雄蕊还是 6 个雄蕊？这个不能画错。没有植物学知识做支撑，容易出错。"曾孝濂说，植物科学画必须要做到"无一花无出处，无一叶无根据"。

最初，植物志插画一般是对照腊叶标本临摹的黑白线描图，但年轻的曾孝濂认为，插图不仅要画对，也要到大自然里写生，否则没有生命力。"所里领导和专家知道这意味着交稿时间会延长,却还是支持了我的建议。"曾孝濂说,当时在昆明植物园,为了跟花的自然衰败抢时间,他常常一整个上午不吃不喝、不上厕所,全神贯注搞创作。他每画一张画都先用铅笔打草稿,再给植物学家看,确认后才用钢笔着墨。这样大概持续了好几个月,曾孝濂画彩画的能力比早期参加工作时高了一大截。

"每张画都不完美,但到现场画得会好一些"

退休后,曾孝濂依然想要最大限度地利用时间,继续用画笔描绘自然。按照他最初的想法,他要画100幅花、100幅鸟,还要画100幅兽类。前两项已"交了作业",第三项曾孝濂选择了放弃。"自然界中很难找到100种兽类安静地待在那里让我画,动物园里的兽类,总让我觉得少了些生命力。"曾孝濂说。

画了60多年植物科学画,曾孝濂有自己的坚守。"不能为了好看,故意画错。每张画都不完美,但到现场画得会好一些。"曾孝濂说,没到现场,就没有生物在自然界中的第一印象,那种生命的状态就无法感受到。"那种感觉会引导着我的整个绘画过程。"曾孝濂说自己有"强迫症",画植物一定是先看照片,对植物有了表象认识后,再去原产地观察植物的生长,拿到标本后进行全面解剖……

并非所有的现场都那么容易抵达。为了画好绿绒蒿,曾孝濂爬上海拔4700米的白马雪山,在缺氧的状态下完成了画作。"没有到过那个环境,就见不到真正的绿绒蒿。那种生命的神奇,不到现场是感受不出来的。"

野外写生和采集标本的艰辛超乎人们的想象,与蚂蚁、蚂蟥、马蜂、马路虱子的"亲密接触"更是常事。有次采集标本回来,曾孝濂就觉得身体不对劲,可由于太累倒头就睡着了;第二天醒来才发现,身上很多地方与被单粘在一起了，一数足足有42个血块。"那是我被蚂蟥咬得最多的一次。"别人听了往往惊讶，可曾孝濂却带着微笑，仿佛在讲述自己的幸福往事。

野外写生最危险的是遇到蛇。有次野外科考遇到了呈攻击状态的眼镜蛇，曾孝濂没躲，反而拿出相机拍下了那一瞬间。事后同伴说，"离那里最近的医院足足有2个小时，要是被咬了，后果不堪设想……"

　　　　"我想用画笔讴歌自然，让更多人来关注自然"

如今，植物科学画可以用电脑合成，但曾孝濂依然认为手绘不可替代。"用电脑做出来的画，终究是呆板生硬了一些。"现在，曾孝濂越来越多地从单纯地画生物转为画"生态"。"我想用画笔讴歌自然，让更多人来关注自然。"他说，"人类不是自然界的主宰，也不是旁观者，而是其中的一部分。"

曾孝濂说："科学画的最高境界就是：在那儿，它就能迸发出生命的力量。我不期盼人人都喜欢这些画，但希望看画的人能关爱这些大自然里的生命。"他很喜欢陶行知的那首自勉诗："人生天地间，各自有禀赋。为一大事来，做一大事去。"心怀对大自然最纯真最原始的关爱，画植物画、推广植物画，是曾孝濂这辈子唯一的"大事"。

除了创作，曾孝濂也会时不时地当评委、做讲座。"随着《中国植物志》编纂完成，我们这个行当的人，退休的退休，转行的转行，我想让更多的人认识和接触科学画这个画种。"这几年，不少参加比赛的画作让他耳目一新，年轻人的涌现让他仿佛看到了植物画的春天。"当下的年轻人有了更多审美诉求，能唤起更多人对大自然的认同感和亲切感。"

不过，曾孝濂有个信念："不必要的社会活动，能少参加就少参加。""画画的人，还是要靠画说话。"曾孝濂喜欢孤独，"孤独时能从大自然中学到更多"。

年逾八十，曾孝濂又开始了自己一项新的创作计划：100幅以西双版纳热带雨林为题材的景观图。粗略估算了一下，一幅景观图最快也要半个月，即便按最快速度，也要花费5年时间。他还在期待自己的第十套邮票。"一息尚存，折腾不止，但愿能给我这么多时间！"

·摘自《老年博览》2020年·

独具特色的绵竹木版年画

刘竹梅

绵竹木版年画的得名是因为产于"竹纸之乡"的绵竹县。据《绵竹县志》记载,因为竹纸之利而制为桃符,画为五彩"神荼郁垒",点缀年景。绵竹的造纸和染纸业与年画作坊紧密相连,在清代初年已呈现一派繁荣景象。

绵竹木版年画历史悠久。《续编绵竹县志》称:"绵竹年画还在明代已有相当成就。"而绵竹木版年画发展的黄金时期是在清乾隆和嘉庆年间,那时,绵竹县城关和乡村的年画作坊有300多家。20世纪80年代初,时年80岁的老艺人邱婆婆曾告诉笔者,她每年都要带上自己绘制的年画去南华宫应市。那时绵竹坊间流传着一句民谣:"东门河坝去看花,南华宫里去看画。"邱婆婆说,当时的绵竹木版年画已经畅销四川各地和云南、贵州等地,又有行商带到陕西、甘肃、湖南、湖北和西藏、青海,甚至东南亚一些国家。

四川由于交通不便,受外来影响较少,在许多年间,绵竹木版年画仍保持了其浓郁的乡土味儿和鲜明的地方特色。绵竹木版年画的制作过程有起稿、刻版、印版和彩绘。但绵竹木版年画的线版只起到轮廓的作用,最后的完成全靠手工彩绘。同样一张木版,经过不同艺人的加工,就出现了各种各样的色彩效果。开相(画脸部)不受原有的木刻底线的约束,衣纹的勾勒也因手法熟练随意而充满趣味。在有些透明处有意不再勾线,留下木版印痕,从而增强了虚实对比和繁简变化。

绵竹木版年画中最有代表性的一种表现手法，称为"填水脚"，也有的艺人叫"赶水货"（快的意思）或"行门神"。它是艺人在完成了商铺的订货以后，用剩下的颜料绘制的门画。这种画大多数用来送给亲戚朋友、熟人邻居或是卖给穷人。艺人们由于要在正月初一前画完，时间仓促，创作时全凭功力随意挥洒，简练泼辣。寥寥数笔，却达到气韵生动、色彩单纯大方、韵律感强的艺术效果。正是这种随心所欲的创作，产生了绵竹木版年画独有的艺术特点。

传统绵竹木版年画的用纸是当地产的一种土纸，纸上涂一层薄薄的茂县白泥。这种"粉笺纸"具有不落甲、不易掉色的优点。印刷墨线后用"鸳鸯笔"（自制的一种扁笔）上色，民间艺人总结了歌诀："一黑二白三金黄，五颜六色穿衣裳。"这个口诀的"一黑"就是印刷墨线版，"二白"是在手、脸和袖口、靴底上白色，"三金黄"是使用透明的金黄色涂铠甲、头盔和其他金属装饰部分，"五颜六色"即用桃红、洋红、黄淬砺、佛青、品蓝、品绿等色绘制衣裳。它的用色大都属于单色和间色，在画面上留较大面积的原色。一种是有积淀的群青和黄丹，一种是透明的膏子水沟，有桃红、品绿和品黄。画面上的主调形成后，再用一些"二门子色"，多用金银黑来调和，使画面既醒目又不刺眼，给人以单纯明快、统一和谐的色彩效果。

传说的绵竹木版年画曾分为两个部分，民间艺人称"红货"和"黑货"。红货即彩色年画，包括门画、斗方和杂条；黑货是指用烟墨或朱砂拓印的木版拓片。绵竹人旧时习惯叫门画为"门神"，而且一定要手工制作的，认为这样的门神贴在门上才能避邪。

绵竹木版年画的斗方一般都贴在室内，规格是54厘米×40厘米，艺人叫"三毛"。它的内容大都是工匠和艺人在劳动之余，共同摆"龙门阵"摆出的"新章"。画师将这些故事设计出来，给民众的生活增添精神上的愉悦与享受。斗方中的《三猴烫猪》《麻雀娶亲》《春官偷酒壶》和《狗咬财神》等作品，入木三分地刻画讽刺了世间的丑恶现象，也体现了民间艺人朴素正直的人生观念。

20世纪50年代初，在政府的支持下，由绵竹文化馆出面约请了一批技艺高，在风格流派上具有代表性的民间老艺人和一些从事年画工作的学生，成立了绵竹年画社，不定期地在文化馆开展绵竹木版年画传统资料的发掘和整理工作。当时有四川美院的魏传义、谢梓文，四川省艺术馆的史维安，中国艺术研究院的王树村，《美术》杂志主编毕克官等老师来到绵竹，调查了解绵竹木版年画的近况。谢梓文还与年画艺人一起，创作了一批反映时代的新作品，有《学文化》《抗美援朝》《钢粮卫星》《骑龙跨凤》《肥滚滚》等。

1980年6月，在各级政府的支持下，绵竹木版年画社恢复，同时成立了绵竹木版年画研究会，聘王树村为名誉会长。

经过几代人的共同努力，2006年，绵竹木版年画列入第一批《国家级非物质文化遗产代表性项目名录》。近年来，绵竹市政府更是大力扶持年画事业，已经举办了10届绵竹年画节。绵竹木版年画在创新的同时，也加快了产品的开发，相继有刺绣年画、陶版年画、服装年画、折扇年画、手绘年画等旅游纪念品和礼品问世，一些产品已具有较大的市场潜力。

笔者常常把传统绵竹木版年画比作一棵大树，它的根深深地扎在绵竹的土地上，创新年画与各种以年画为载体的产品就是长在树上的枝，枝干之间互相依存，汁液流转，活力由此而来。愿绵竹木版年画的同仁们、后学们，学好传统，努力创新，让这朵民间艺术之花永不凋谢。

·摘自《读者》（乡土人文版）2012年第3期·

徽州工匠

鲍文忠

徽州的村村落落，到处都是雕刻，木雕、石雕、砖雕……随处可见，见得多了便也觉得平常。由于工作的关系，我经常带人去参观，其中有游人，也有专家。在他们眼里，徽州的每一处都有精湛的艺术，祠堂、民居、牌坊、路边、桥旁，甚至角角落落，这种无处不在的艺术就如春风一样扑面而来，十分养眼。月梁上的木雕、门楣上的砖雕和栏杆板上的石雕，在他们看来都是雕刻艺术的极品，令人叹为观止。

有时我也会被他们的情绪所感染，便想知道，创造这些艺术的徽州工匠们都是谁呢？在古徽州的几百年中，他们被称为"匠人""工匠""刻匠"，或者"木匠""石匠""砖匠"。我记得小时候所知道的砖匠只会一些简单的砖雕技艺，但其绘画手法较为精细，因为那时的徽州跟全国的农村一样，建房子也只是为了栖身，因为没有更多的钱来把房子建得更加精致些，便在外墙面上做一些绘画类的装饰，算是延续古徽州的传统了。这大约是近代的徽州建筑风格吧，但并没有得到多少弘扬和发展，这是与徽商的衰败和当时当地经济的衰败相关联的。

至于现在的徽州建筑艺术，也只能是最为简单的重复罢了，因为，这些工匠们除了筑墙，手上再也没有多少技艺了。

翻开记载徽州名人的史籍，让我非常失望。我找不出一个创造这些极致艺术的大家或被公认的艺术大家。徽州雕刻可以说是中国雕刻的顶级艺术流派，取得如此顶尖的艺术成就，却在古徽州的历史记载中难以找到一个艺术大师，这似乎是不太可信的事情。

徽州的工匠们背着工具，走乡串户，受雇于人。他们依靠自己的技艺和苦力为人做工，谋取着可怜的几个铜板。他们的生活十分清苦，为了生计，他们把自己精湛的技艺贱卖了，卖得十分彻底，甚至连自己的名字也没有留下。

我曾经在这样的老宅中居住、生活、娱乐和休憩，与这些极致的艺术品日夜相望，我躺在满是木雕的老式床上睡觉，坐在明式的椅子和"美人靠"上休息，经常抚摸着门前的石狮子，仰望着门楼上的花鸟虫鱼。但我只是把它们当成老宅子，有时还十分讨厌这样幽暗的老宅子，想象着拥有一座明亮的新房子该有多好，而从来没有把它们当成艺术品。这就是我居住在艺术殿堂中的真实感受，这种真实感受，便成了遗忘创造这些珍贵艺术品的大师的理由——由来已久的理由。

在呈坎，来到宝纶阁，看到那无与伦比的镂空精雕，没人不惊叹；在卢村第一木雕楼，看过的人永远都不会忘记；在蜀源一徽商古宅的门前，面对完整的"瘦西湖全景"砖雕，游人啧啧称赞；在潜口民宅的"清园"中，许多专家都说还是第一次见到如此精美的砖雕艺术；更别说歙县城中的"许国石坊"，那石雕的技艺更让人折服。如此众多的奇品，其作者仍然只有一个相同的名字：徽州工匠。但我相信，这里的任何一件作品只有艺术家才能够完成。

任何一位知名的艺术大师都会有自己的作品、自己的代表作，否则是不可能称得上"艺术大师"的。徽州的历代名人众多，每一个名人都会有让世人称道至今的名作。但惟有雕刻艺术，在徽州遍地皆是，却并不知道一个个大师的名字，这更增加了我对徽州工匠的敬仰之情。

徽州大地就是一个雕刻艺术的海洋，正是这些不知名的徽州工匠造就了这样的海洋。因此，每一个徽州工匠都称得上是艺术家，正是有了这样一大群艺术家，才创造出如此璀璨的艺术珍品。

·摘自《读者》（乡土人文版）2006年第8期·

徽州民居

钟力明

徽州在历史上是颇为风光的。曾经名满天下的文官武将、孝子节妇不少是从这块土地上走出来的；将近代工商业真正推上社会主导地位的，也是徽商；文学上的桐城派，画苑中的新安派影响深远；尤其是又有文房四宝——宣笔、徽墨、宣纸、歙砚，其赫赫声名也很能说明问题。

徽州人的智慧闪烁在时代上的时候，他们的故土上也笃行着建设精神家园的准则。

西递村的小巷很窄、很长，两侧是典型徽派建筑的高高马头墙，据说有防盗、防火的功用。徽州人家谨慎，家人外出为官经商的多，留下妇孺老幼不甚安全，房屋上便没有外开真正意义上的窗户。即使有两米开外高的斗方小窗，也都是雕石为花，权做装饰。那么，这样一来，室内的采光、空气流通就成了问题，开天井作为窗户的替代便应运而生，当然不免又多些雨露霜雪。为了解决排水问题，每户人家的天井内都有了一个凹檐，积水通过它可以迅速渗入地下，还多出一番"肥水不流外人田"的说法。这一切安排独特而又自然，保守与新进之间吻合得严密之极。这正是徽州人学习了儒家处事的精妙之处。

在房屋内部结构上，徽州没有太大的更新。引人注目的，是其简单而独运匠心的装饰，或是堂屋的方桌上，左为一方明镜，右置一瓷花瓶，寓意"平（瓶）静（镜）"；或是东厢房的门窗上全以生动的木雕，表现满墙的梅花、冰凌，让儿孙明白"梅花香自苦寒来"的用心。

说起雕刻，当地著名的木、石、砖三雕技艺之精良，实在不是其他地方可以比及的：京城的雕刻流光溢彩，气势宏大，以量、色取胜；江南园林的雕刻别致、恰当，诗情画意，夺人心魄。而徽州之雕是实实在在雕刻艺术的顶峰，题材多选取民间神话传说、吉祥祝福，但画面绝不像一般的刻匠那样平铺直叙几位寿星、数朵莲花，而是遵循着绘画的层次，近、中、远景历历分明，人物或隐或现，错落有致，充满着生气，刀法圆熟，宛若真人。奇妙的是，在所有重叠的部分，前后竟为镂空，轻轻地将手指伸入，可以感觉到前景中的人物完全是独立的一部分。所以说，徽州雕刻是结合了浮雕与雕塑的优点，难度之大不言而喻。

徽州许多人家堂前都悬有手书条幅，多为木雕，运笔如刀，结构流畅，笔锋凌厉，婉转之处留出几片飞白，仿佛可以看到毛笔的丝丝笔纹。

徽州是人才的后院，从不张扬。许多门前挂着"大夫第""进士第"的匾额，可通道也仅有一轿之宽，这是因为尊崇族里长幼尊卑之序，紧密团结在小小村落中。这与徽州人从小所受的儒家文化影响是分不开的。

可以享受地地道道的高品位文化，又可以如野鹤闲云般生活于苍山碧水之间，正是徽州令历代文人看重的地方。没有跳跃的光芒，没有飘逸的情致，只是稳如磐石，精深博大，蕴含着理性的思索，风雨中走来的人在这里才能寻求到宁静完整的精神壁垒，摒除心灵的浮躁。

·摘自《读者》（乡土人文版）2000年第5期·

匠心躬耕在沙漠

李 婕

2019年3月1日,在中华全国总工会和中央广播电视总台共同举办的2018年"大国工匠年度人物"发布暨颁奖典礼现场,一位白发苍苍的老者尤为引人注目。他就是被誉为"壁画医生"的敦煌研究院著名文物修复师——"大国工匠"李云鹤。

从零开始奋斗拼搏

"万里敦煌道,度迹迷沙远。"在那片被三危山、鸣沙山怀抱在宕泉河谷地带的小小绿洲上,敦煌莫高窟与她的守望者们,相互召唤,彼此守候。86岁的李云鹤是那群守望者之一,他一守就是60多年。

1956年,为积极响应国家有志青年支援建设大西北的号召,李云鹤和几位同学从山东出发,一同踏上西去新疆的漫漫征程。途中因外祖父要去探望在敦煌工作的舅舅,所以在敦煌逗留了几日。未承想,这一留,就是一辈子。

时任敦煌文物研究所所长的常书鸿一眼就相中了这个"大高个儿",他邀请李云鹤留下来。在夹杂着沙尘的凛冽寒风中,李云鹤从打扫莫高窟洞窟卫生做起。即使数九寒冬,这个拉着牛车一趟趟来回清理积沙的山东小伙子也经常是满头大汗。3个月后,李云鹤成为当年全所唯一转正的新人。

转正第二天，常所长把李云鹤叫到办公室："小李，我要安排你做壁画彩塑的保护工作。虽然你不会，但目前咱们国家也没有会的人，你愿不愿意干？"

"我愿意学着干！"李云鹤高声回答。

壁画空鼓严重，几平方米的壁画会忽然如雪花般飘落；起甲的壁画纷纷脱落，一千年前的斑驳色彩湮没于尘埃；满窟的塑像东倒西歪，断臂中露出朴拙的麦草束……李云鹤看着这些，很是心疼，总想做点什么，但不知从何做起，常常急得手足无措。

1957年，国家文化部邀请捷克斯洛伐克文物保护专家约瑟夫·格拉尔到敦煌474窟做修复实验，李云鹤得知消息后欣喜若狂，主动请缨担任助手一职。他仔细留意这位外国专家操作的每一个工艺细节。然而，格拉尔修复壁画时所使用的技艺和材料始终对中国人保密，他所采用的欧式壁画修复方法对敦煌石窟的病症并不十分适用，修复过的壁画开始出现胶水渗漏、地仗皲裂、纹理粗糙等现象。

资金匮乏，材料紧缺，李云鹤和同事打破局限，就地取材。他们去窟区树丛寻找红柳死木做骨架，将宕泉河的淤泥晒干制成质地细腻的澄板土，加水和成"敦煌泥巴"，反复揉捏，制泥上泥，最关键的一步就是对细枝末节的打磨。

怎样才能有效控制用胶量？李云鹤将格拉尔修复壁画时用过的医用注射器随身携带，没事儿就拿出来琢磨。有一天，院子里的小孩正捏着血压计上的气囊玩，他突然茅塞顿开。他用糖果换来了小孩手里的"小气球"，安装在注射器上。他欣喜地发现，修复剂可以酌量控制了——困扰他们许久的胶水外渗难题解开了。

李云鹤还找来质地细腻、吸水性强的白纺绸做按压辅助材料。他不断研究摸索，将自主合成的修复材料放在炉子上烤、冰面上吹晒。洞窟里光线不好，他就用镜子将阳光反射进洞窟，再借白纸反光修复壁画。

时至今日，李云鹤用"土办法"改良过的修复工具，依然是敦煌文物保护界的"王牌武器"。

在荒芜中"起死回生"

20世纪60年代，在所长常书鸿的帮助下，李云鹤开始跟着敦煌的"活字典"史苇湘学线描临摹，跟文研所第一位雕塑家孙继元学塑像雕刻。

1961年，李云鹤迎来人生中的第一个修复任务——161窟墙皮严重起甲，稍有响动，窟顶和四壁上的壁画就会纷纷掉落。常书鸿对李云鹤说："161窟倘若再不抢救，就会全部脱落。你试试看，死马当成活马医吧。"

洗耳球、软毛刷、硬毛刷、特制黏结剂、镜头纸、木刀、棉花球、胶辊、喷壶……李云鹤把所有能想到、能找到的工具都拿来琢磨；表面除尘、二次除尘、黏结滴注、三次注射、柔和垫付、均匀衬平、四处受力、二次滚压、分散喷洒、重复滚压、再次筛查、多次起甲修复……这个喜欢跟自己较劲的年轻人，硬生生凭着自己的努力，摸索出一套完整的修复方法！

3年后，这座濒临毁灭的唐代洞窟在李云鹤手中"起死回生"。没有受过任何专业修复训练的李云鹤，完成了敦煌文物研究所历史上自主成功修复的第一座洞窟，奠定了敦煌壁画修复的基础！

时间仿佛在窟区凝固，他似乎已穿透壁画，听到了古代工匠的心跳，与千年前的画师共诉笔下的庄严美好。

285窟可谓莫高窟中最富有修行意味的洞窟。藻井众神俯瞰苍生，四角异兽威震八方,印度画风安详俊逸,敦煌飞天雍容潇洒,所有的优美空灵在壁画中永久定格。

一天,李云鹤和另一个同事正站在几根木头搭成的架子上揭取修复,突然,一大块壁画砸下来,整个架子瞬间坍塌,他们俩也从两米多高的地方摔了下来。"护好壁画!"李云鹤的第一反应是把壁画紧紧护在怀里。壁画丝毫未损,李云鹤的双臂却在洞窟石壁上擦出了道道血印……于传承中铸就中国荣耀。

几十年中,李云鹤首创"空间平移""整体揭取""挂壁画"等多种壁画修复技法。

220窟甬道壁画重叠,曾有人为看色彩鲜艳的晚唐五代壁画,故意将表层的宋代壁画剥毁丢弃。

"文物也是有生命的啊!"李云鹤气愤地说。

李云鹤带着学生想办法对甬道进行整体搬迁。他将表层的宋代壁画小心剥离,原样移接在底层唐代壁画旁边。一侧古朴,一侧鲜丽,仅6平方米的甬道,竟然使两个朝代跨越百年,在同一平面相逢。

1994年,青海塔尔寺大殿墙体上的古代壁画遗留亟须保护。如果按照分块揭取的老办法将壁画全体剥离,等新墙建好再一块一块贴回去,那么,这幅140平方米的壁画将至少产生5平方米的损失。李云鹤对着数据反复琢磨,终于大胆决定:整体提取壁画!李云鹤先根据墙体尺寸制作模型,施工人员一边拆墙,他一边将壁画剥离固定到模型上。等墙拆完,壁画也全部重新贴好了。这项"毫发无伤"的大工程,唯一的消耗仅是几平方米的木材。

保护第一,修旧如旧,"壁画医生"李云鹤实现了文物修复的最高目标。

60多年来,李云鹤走访了全国11个省市,帮助国内26家文物单位进行一线修复和技术指导，经他修复的壁画达 4000 余平方米。

匠心呵护遗产，一代代人接续奋斗。在澳洲留学 5 年的李晓洋，放弃留在国外的机会，毕业之际选择回到爷爷身边，回到敦煌。李云鹤说："我的孙子是学装饰专业的，本来不想接我的班，但在我的劝说下终于改变了主意。我对他说，我们保护的是祖先留下的文化遗产，是在做一件有意义的事情。"

·摘自《读者》2019 年第 21 期·

靖州雕花蜜饯

张和平

历史悠久：日久弥香 雕花蜜饯既是一种独具特色的民族食品，又是美如玉琢、形色别致的工艺品，是美食文化与民族文化完美结合的民间艺术珍品。它起源于东周时期，发展于五代末年，世代相传，成为靖州民间历代上贡朝廷的御品。靖州雕花蜜饯技艺分布在湘西南靖州苗族侗族自治县渠阳镇及周边一带。

雕花蜜饯是靖州苗族和侗族人民智慧的结晶。聪明的先民知道，柚树结果太多柚果就长不大，于是就把多余的幼果摘下——称为"打果"。摘下的幼果丢了很可惜，就让心灵手巧的大嫂姑娘们把它们镌刻成精美的图案，描绘生活中美好的物象情趣。

相传古时候有一年，一连下了3天3夜的大雨，洪水淹没了靖州城，城中男女老少都聚到北坡避难。人们所带的食物渐渐吃光了，只好靠坡上的野菜、树根等维持生命。这时有一个叫甜姐的侗家媳妇，在一棵树下发现了一个还未成熟的柚子，她摘下一咬，顿觉满口苦涩。甜姐想，假如这柚片拌点蜂蜜该是什么滋味呢？于是，她将其放入蜂蜜中浸了浸。柚片吸满了蜂蜜，味道变得既甜又香，还散发着阵阵柚香。后来，甜姐制作的蜜饯问世了。再后来，心灵手巧、颇具匠心的侗家姑娘们将柚子切成的薄片，雕刻上各式各样的图案制成蜜饯。后经逐步改进，代代相传，遂成靖州一绝。

　　工艺独特：巧夺天工制作雕花蜜饯需要的工具、材料有多种型号的柳叶尖刀、菜刀、铁锅、明矾、瓷盘（盆）、优质白糖以及各种瓜果等，它是利用各种瓜、果、蔬菜的根、茎、叶、花、果，经过柳叶刀精雕细刻，再经特定的工序而制成的传统茶点和观赏品。雕花蜜饯又名"万花茶"，其中柚子耐贮藏，有"天然水果罐头"之称，用青柚雕成的蜜饯更是其中一绝。此外，还用冬瓜、黄瓜、菜瓜、西红柿、苦瓜、红豆、刀豆、瓜筒子、天茄子等做原料，把瓜类切成长方形、菱形、四尖角及其他式样。苦瓜雕出水癞头蛤蟆，豇豆扭成三耳结、扣子结，刀豆专制兰花，西红柿专做海棠花，茄子专做玉簪，瓜筒子做成仙人柱。上述由于原料各不相同，制作成的蜜饯的色、型、味也各有千秋。

　　未食之前，人们就会被雕花蜜饯精巧有趣的图案所吸引，食欲倍增，食之则口味独特、气爽神清。吃起来脆生生、甜蜜蜜、香喷喷，咬在嘴里"咯嘣咯嘣"作响，也可用开水冲泡，特别受老人和小孩的喜欢。当地比较普遍的食用方法是将蜜饯放入杯中，用开水冲泡3分钟至4分钟，有时再放入一些蜜刺、花茶等。冲泡后的蜜饯晶莹剔透，甜美清香，茶水甘甜，是有益健康的绿色食品。家庭主妇们会用祖传的青花瓷罐保存蜜饯，待到逢年过节或贵客到来的时候，拿出几朵，泡出一杯杯香甜的蜜饯茶，端到客人的手上。喝着这样泡出来的茶，品着这样雕刻的美食，客人免不了夸赞主妇的好手艺。

　　人文内涵：价比金玉雕蜜饯花是一项充满灵思巧慧的艺术创作活动。大娘老嫂巧妇姑娘们把柚子切成或圆形或扇形的均匀薄片，然后操起柳叶尖刀，在柚片上施展才艺，她们俨然就是一个个令人钦慕的天才艺术家。捏片在手，一穿一插，一削一挑，只见柳刀翻转，柚屑纷落，一眨眼的工夫，一朵菊花或一尾鱼虾就雕好了。整个过程干脆利落，技法娴熟，其线条流畅，刀工细腻，所雕形象栩栩如生。雕花蜜饯的造型花样繁多："双龙戏珠""孔雀开屏""鸳鸯戏水""喜鹊含梅""雄鹰蝶舞""同心结""双喜图""福临门"……应有尽有，精致美观，让人看得眼花缭乱。

雕花蜜饯工艺流传至今已有2000多年，它对我国民间艺术尤其是雕刻艺术的发展起到了一定的促进作用。它来自民间，更是百姓生活的真实写照，是民族文化心理和不同时代文化积淀的独特表现方式，具有独特的艺术形式和丰富的苗侗文化内涵。雕花蜜饯生产工艺流程复杂，这些生产技艺是靖州人民长期的智慧结晶，且难以为现代技术所替代。它充分展示了苗侗人民的创造力和手工技艺水平，对中华民族多元文化的形成与发展有积极的见证意义。

·摘自《读者》(乡土人文版) 2009 年第 11 期·

两代故宫人

李 扬

1978年冬，21岁的单嘉玖走进故宫，从头学起，成为一名书画修复师，这一干就是40年。如今，她已是我国顶级书画修复师，当之无愧的"大国工匠"。

她的父亲单士元（1907—1998）与故宫的缘分，更具传奇色彩。1924年，清逊帝溥仪出宫，民国政府成立"清室善后委员会"，17岁的单士元应聘为"善委会"查点物品的书记员，从此，他的一生与这座宫殿紧密相连。从最初的档案整理，到新中国成立后主持故宫全面大修，直至耄耋之年还在为故宫恪尽职守，他被尊称为"看护国宝的国宝"。

单士元先生在故宫工作了74载。如今，单嘉玖也已经退休，但是她仍谨记父亲对她的教诲，兢兢业业为故宫修复书画、培养书画修复人才。父女两代人用自己的生命时光守护国宝，续写着故宫的历史。

薪火相传两代人的故宫缘

走进故宫博物院文保科技部的书画修复室，外界的声音似乎都消失了，仿佛有一道天然屏障，将不远处的故宫开放区里日均6万游客带来的喧嚣都屏蔽了。在这里，时间停留在每一个不急不躁的细节上，停留在与文物同频共振的呼吸中。修复师们手上有最精准的老手艺，看似轻盈的动作，却是经过千万次练习后达到的精准与稳健。

单嘉玖留着温婉的齐耳短发，身着白大褂，工作中的她专注而内敛，同时透着一种"手艺人"特有的细心、耐心与严谨。墙壁上，是她刚刚耗时4个多月修复完成的清代宫廷画家周本的山水画贴落。在她身旁，几个年轻的修复师正一丝不苟地修复着养心殿的隔扇芯。他们都是她手把手带出来的徒弟，单嘉玖时不时俯身查看，给予指导和建议。尽管已退休两年，但是她依然如往常一样，一件接着一件地修复书画，因为太多的书画在等待她的抢救与修复。

在故宫从事书画修复长达40年，至今她耳畔犹会回响起父亲当年的谆谆教诲："故宫的文物是几千年中华文化的结晶，这些文物永远会被人们珍视、传承下去。你做的这份工作是一件非常伟大的事，把文物完整地传下去，你要跟师傅好好学，这不是一朝一夕的事，是靠经验去完成的事。"

父亲语气中透出的对故宫的热爱，至今仍深深印刻在单嘉玖的脑海中。"紫禁城里的一砖一瓦、一草一木都饱含着父亲的深情厚爱。从17岁进入'清室善后委员会'，到经历故宫博物院从成立到成长的风雨跌宕，父亲在故宫度过了74个春秋，可以说无论在工作上还是感情上，父亲都与故宫博物院融为一体了。"她说。

在故宫里，单士元先生感受过祖国的风雨沧桑，也见证了共和国成立后走向振兴与富强。

单嘉玖一直生活在父亲身边，照顾父亲的生活起居。她说，每天父亲都比她更早到故宫。"我父亲一辈子早已养成一种习惯，只要不出差，每天一定要在故宫里走一走、看一看，直到90岁时还天天来故宫转转。"

单士元先生曾说，故宫作为原明清皇宫，一砖一瓦都是不可再生的历史遗产，要用历史的眼光来认识与研究。"父亲走遍了故宫的每个角落，每当发现维修中的垃圾，一定要好好检视，只要发现有价值的构件，包括残砖碎瓦、颓梁断木，都会加以保留。即使拆下来的破顶棚他也会认真检查，如果发现夹层中有乾隆高丽纸之类的宫廷旧纸，会让图书馆的同志前去采集，以备修书之用。"

单嘉玖始终铭记，父亲在得知她要从事书画修复工作后，对她郑重嘱咐："修复文物不能玩文物，只要触犯这个底线，就会产生私心。这是咱们家的家规，你一定要做到。"父亲的教诲，单嘉玖始终不敢忘。甘守清贫的她从未涉足过文玩市场，40年来，始终如一地静心修复着每一件国宝文物。她退休后，曾有公司付很高的报酬请她去帮忙，被她谢绝："是故宫培养了我，我只给故宫干活，给故宫培养徒弟，外面的事一概不参与。"

"修复文物不能玩文物"，也是文物专家单士元先生一生恪守的原则。他从不收藏文物，从不以商业目的为别人鉴定文物。他生活朴素节俭，曾笑言自己是"三穷老人"，即穷学生、穷职员、穷教授。他说："故宫处处是历史，件件是文物。对于鉴定文物，我并不反对其重要作用，但单纯以货币价值定高低，那是古玩商人，而不是文物工作者。"

"每当有人问我，父亲对我的影响是什么？我首先想到的不是父亲做了什么，而是他的师辈们对他的影响。故宫博物院是在军阀政权的不断更迭中艰难地诞生和成长起来的。我常听父亲忆起陈垣、庄蕴宽等先生。他说，当时这些先生在故宫工作，一无工资，二无津贴，他们没有私利和私心，有的只是保护祖国文化遗产的觉悟与正直的人生态度。"

单嘉玖说："父亲对师辈始终有一种深深的崇敬，这几乎成为鼓舞他一生的力量。他传承了这种精神，这种精神也影响着我。"

父亲始终坚持"修旧如旧"原则

"父亲一辈子最看不够的是故宫宏伟的建筑。"单嘉玖说,父亲曾经谈到他开始研究古建筑的原因,那是 20 世纪 30 年代,他在北京大学读研时,听陈衡哲教授在西洋史课上讲道:"中国建筑有独特的艺术风格。可惜的是,外国人写的世界建筑史中,从来不提中国建筑艺术,因为他们不懂,也因为我国缺乏专业人员从事研究,因此被人瞧不起。"这番话对他触动很大,在强烈的民族自尊心驱使下,他立志在建筑领域刻苦钻研。

新中国成立后,单士元先生以加倍的热情投入所热爱的事业之中。故宫宫殿自鸦片战争以后就日渐衰落,当时,故宫博物院缺少专职的古建筑研究保护人员,也没有专业的古建筑维修队伍,大量的古建筑亟待修整。

1954 年,文化部文物事业管理局局长郑振铎找到建筑学家梁思成,请他推荐一位能够管理故宫古建筑的专家。梁思成说:"用不着我推荐,故宫现在就有一位——单士元。"于是,经郑振铎局长推荐,故宫博物院吴仲超院长委任单士元先生主持古建筑维修保护管理。此后,单先生将自己的余生全部贡献给了故宫古建筑保护事业。

"不住人的房子容易坏,面对如此庞大的建筑群,从什么角度入手、确立一个什么样的保护方针尤其重要。"

为此,单士元先生确立了"着重保养,重点修缮,全面规划,逐步实施"的十六字方针,并且始终坚持"修旧如旧"的原则。所谓修旧如旧,是指不改变原建筑的法式与结构,这一极具远见卓识的指导方针,至今仍然是维护故宫古建筑的基本原则。

1958 年下半年,一项繁重而紧迫的大修故宫古建筑的任务布置下来,要求赶在1959年10月前完工,以崭新的面貌迎接新中国成立10周年,全面领导规划这次大修的就是单士元先生。

头一项大修任务是,对太和殿及其四庑崇楼等脱落残损的彩画重新彩绘。但是,一个突出问题是,太和殿与太和门外的檐彩画是民国初年准备称帝的袁世凯所为,不但与清代原有彩画极不相称,更不能作为这次重绘的依据。在查看文献资料后,他决定按清康熙三十六年(1697年)重建后的太和殿外檐彩画重绘,做到内外檐彩画一致,恢复康熙时期的原状。他找来原故宫内的老工人,还特别聘用了原京城南城九龙斋画店掌门画工何文奎,以及北城鼓楼文翰斋画店老师傅张连卿。在精工巧匠的修复下,不仅除去了残存在太和殿、太和门的袁世凯准备称帝时粗糙无章的外檐彩画,还重新恢复了康熙三十六年原有的和玺彩画,高质量地完成了大修任务。

单士元先生注重古建筑人才的培养和挖掘。新中国成立初期,他特意挽留了被称为"故宫十老"的10位已超过退休年龄的杰出工匠,担任工作指导,按月付酬。在他的呼吁下,经文化部批准,将工匠队伍由临时工改为正式合同工,改变了春季招工、冬季歇工时工匠散去的旧制。作为带头人,他还大胆带领青年专业人员开展工作,先后主持了太和殿保养、午门修缮、角楼落架大修等重要工程,并培养了一批又一批古建筑专业人才。

虔敬之心修书画　口传心授教技艺

对古书画来说,好的修复师如同良医,修复一次,至少可以使其生命延长上百年。单嘉玖在故宫的40年中,数百件古书画文物经她的手得以延续生命。

新中国成立后，故宫的第一套书画修复班底在1954年组建起来，来自全国各地的著名书画装裱大师，集中修复了一大批故宫院藏的翰墨精品，单嘉玖的师傅、曾修复《五牛图》的孙承枝便是其中的一员。

"1978年冬，我结束了农村插队，那时故宫正在大量招年轻人，文物修复复制工厂要招两名古书画修复人员，我有幸成为其中一员，走进了故宫。"那时，单嘉玖对书画装裱修复一窍不通。第一天上班，师傅孙承枝把一沓纸往桌上一搁，上面放把马蹄刀，让单嘉玖把纸上的草棍、煤渣刮掉，还得保持纸张的完整和光洁，这一刮就是3个月。

"我从小受父亲影响，对长辈、文物都有一种敬畏感。那时候每天练基本功，也会感到枯燥乏味，但是师傅叫干就干，做针锥、削起子、修刷子，都得自己干。"单嘉玖回忆说。第二年进入一些品式上的学习，学做立轴、手卷、册页等等；第三年，才开始在师傅带领下进行简单的文物修复。"现在回想起来，磨刀刮纸不只是练基本功，也是磨你的性情。你得坐得住、静下心，不能毛毛躁躁。那一段经历确实让我难忘，后来总觉得这种磨炼非常有用。"

古书画通常分四层，一层画心、一层托心纸、两层背纸。修复过程中最难的是"揭"的环节，特别是托心纸，既要揭得干干净净，又不能使画心受损。因此，这是一个心血滴灌的过程，收起自己的个性，完全跟着古画走，如此才能"妙手回春"。

单嘉玖说，尽管现在有了仪器检测，甚至能精微到纸的纤维，但是修复的核心还是靠人的经验，清洗、揭背、托心、隐补、全色的过程全部依靠手工，耗时最长的需要1年，最短也要3个月。

"我们之所以被称为'画医'，是因为我们与文物真的很像医生和病人的关系。人病了，吃什么药、打什么针，取决于病体和病情。书画病了，怎么抢救、如何修复，则取决于作品的受损状态，而不是文物等级的高低。传世名作，由于历朝历代都是重点保护对象，受损的概率反而偏小，倒是等级较低，特别是流传于民间的藏品，由于受损原因多样，修复更难。"

单嘉玖完成过许多高难度的修复，其中让她最难忘的一次修复，是明代的《屠隆草书诗轴》。这幅诗轴纵208厘米，横96厘米，修复前十分残破，画心上纵向撕裂52厘米，画心与小托心之间出现空鼓，原残画心不同程度翘起。单嘉玖说，这件文物是中国古代"小托心"修复法的代表作，"小托心"与画心性质相同，不可再揭动，但是由于当初的补偿做法失效，必须重新整合。修复这幅作品时，需带糊大面积、多部位同时暗复，稍不留神就可能造成不可逆的损伤，因此整个修复过程如履薄冰。她埋头修复了整整10个月，最终，成功修复。

"只要东西还在，就得修，甭管破成什么样，也得一点点给拼好，有时都成了一团了也得给解开，这就是修复人的职责。"每修复一件具有挑战性的书画作品，她就会将过程与心得撰写成文，如今已发表近20篇论文。

作为国家级非物质文化遗产，中国书画的装裱修复技艺已有1700多年的历史，基本上靠师徒的代代传承。如今，单嘉玖也开始将自己40年来积累的经验传授给年轻人，她目前带了5个徒弟，每一个都是手把手从基本功开始教起。

由于常年弯腰俯身，故宫里上年纪的书画修复师，或多或少都有腰椎、颈椎问题，甚至胃病。然而，这里的不少"画医"都工作了几十年，退休了又被返聘回来，继续修复书画。

采访临近结束，笔者问，在书画修复领域，工匠精神有怎样的内涵？单嘉玖沉思片刻，认真地说道："工匠精神首先是热爱这份工作，对文物有敬畏之心，要有这种品质才能把事做好。如果对文物没有起码的尊重，就做不好这份枯燥的工作，尤其是现在外界的诱惑非常多，敬畏之心是这个职业的基本素养。"

"故宫里这些古书画一代代传下来不容易，不能在我们手里给断掉，我们得继续传承下去，让子孙万代都能看到。"

·摘自《读者》2019 年第 11 期·

木雕传承人——郑春辉

李 韵

根植沃土 乡愁融入作品

与郑春辉聊天，是一个时时被画面感充盈的过程。

问到"木雕对你意味着什么"时，他盯着屋里的某个角落，陷入回忆。他的语速不快，甚至有些慢。随着他的讲述，记者眼前展开了一幅田园山水图，时而是全景，时而是特写，时而是静态的，时而又被儿童的嬉戏激活。特别是说到20世纪七八十年代农村家家户户都有的"广播匣子"时，他模仿当时每天广播的第一句话"莆田县人民广播电台现在开始播音"，惟妙惟肖。如今，有线广播早已取消，莆田也已成为地级市，但他说："几十年了，这句话始终萦绕在我耳边。"

对于家乡的眷恋，已如血液般融入他的生命，点点滴滴都不能割舍，包括莆田木雕。用家乡的手艺表现家乡的风物人情，是郑春辉作品的主旋律。木兰溪，溪边的大榕树，树下系着的归舟，远处的山，天边的云，还有云中若隐若现的月亮，这一切都是刻在他脑中抹不掉、挥不去的乡愁。

郑春辉对中国古代诗词情有独钟，聊天时，唐诗宋词信手拈来。每每此时，他都会微微仰起头、眯起眼，用被戏称为"地瓜腔"的福建普通话吟诵，同时他的手还会不由自主地在空中比比划划，俨然是在头脑中创作一幅作品。跟随着他的手指，记者看到了小船、拱桥、茅屋、竹林……而这一切，分明都有他故乡的影子。说到自己特别喜欢的名篇名句，比如"赤壁赋""白云生处有人家"，他的语速明显加快，会迅速给记者描摹出不同的画面；尤其在说那些格外欣赏的诗句时，他会一边轻轻摇头、一边不断地发出"啧啧"声，以表达无以言表的赞叹。

鸿篇巨制手艺做到极致

郑春辉有一件用"震撼"来形容绝不为过的作品——巨型木雕《清明上河图》。

一根长12米多、高3米多，宽2米多的香樟木，正反两面分别雕刻着两岸故宫收藏的《清明上河图》。这件作品创造了世界最长木雕的吉尼斯世界纪录。而它震惊世界的，并不仅仅是其长度，还有叹为观止的精湛雕刻技艺。

香樟木的每一面都刻有五六百个人物，还有大量的车辆、船只、店铺、民房。房舍街道鳞次栉比，拥挤的人流、五行八作的细致描摹，无不体现出雕刻者出神入化的技艺。尽管每个人物最多只有寸把长，可是神态各异，身份鲜明。透过街边酒肆的窗户，里面正在把酒言欢的食客亦刻画得活灵活现。且不说人物丰富的神态，光是那一根根缆绳就已让人拍案叫绝。那些粗细如牙签、看起来十分柔软、似乎可随风摇曳的绳子，竟然是在整根木头上直接雕出来的！

《清明上河图》可谓是莆田木雕技法的集大成者。整个作品融会了镂空雕、透雕、浮雕和精微透雕等雕刻技法，繁而不杂，层次分明，街市的喧闹声、行船声和流水声都仿佛在耳畔。

传世的《清明上河图》最著名的有三个版本：北宋张择端刻画的是北宋都城开封的民情，藏于故宫；明代仇英绘的是明中期苏州的繁华，藏于辽宁省博物馆；清代五位宫廷画家共同描摹的是清京城的风俗，称清院本，藏于台北"故宫博物院"。

山水木雕记录时代足音

炉火纯青的木雕技艺，让郑春辉收获了中国工艺美术领域的所有奖项。然而，他并未满足于此。他突破百鸟朝凤、富贵吉祥、宗教故事等早已烂熟于胸的传统木雕题材，独树一帜地开创了莆田木雕乃至中国木雕的新品类——山水木雕。

他用中国传统文人山水画虚实相间的构图方式，以刀代笔，将古诗词的意境、平面山水绘画立体地呈现出来。2018年11月创作完成的大型山水木雕作品《千里江山图》，是在一根桧木上重现了北宋画家王希孟传世的同名青绿山水画。他巧妙利用桧木原有的颜色来体现青绿山水画的色彩特点，用木头的纹路来表现岩壁巉峻、飞流直下，而木头长近12米、高0.9米、厚0.68米的体量，既可以复现原画中江河烟波浩渺、群山层峦起伏的磅礴气势，又能够精细刻画原作中几笔带过的渔村野市、水榭亭台、茅庵草舍、水磨长桥等小景，而穿插其间的捕鱼、驶船、游玩、赶集等动态场面，更让整件作品动静结合，恰到好处。

"这件作品采用了莆田木雕的镂空雕、透雕，还有精微透雕来完成。桧木不好雕，它容易断，容易碎，所以在创作技法上要克服很大的困难。"郑春辉说。记者看到，两山之间的水面上有一座小桥，虽然只有一拃半长，却雕刻得极为细致，十分写实。桥面有上下两道护栏，护栏间还刻有几十组望柱；桥墩由30组木桩组成，每组木桩又分为3根，由两根横梁连在一起。"这座桥每一根柱子都是用镂空雕的方式，慢慢地把木头掏空，"他说，"在创作的过程中没有断过一根，没有拼补过一根。"话语中充满自信。

与一般的传承人不同，郑春辉在"守正"的同时不忘"创新"："我一直在思考怎样用传统的东西，带给现代人一份惊喜。我的信念是通过自己的工作，来传承中国传统文化、传统技艺，并在此基础上不断地探索、创新。"他的山水木雕创作，不仅是将传统山水画立起来，而且尝试用这种方式来反映现实、记录时代，《闽乡多锦绣》便是这一特点和风格的集中体现。作品以福建省寿宁县下党乡的景物为题材，运用传统国画的散点透视法进行构图，远处群山巍峨、白云缭绕，近处成荫的竹柳掩映着村舍，归家的农人，荷锄、担水，赶着成群的牛羊，走在回家的小路上……在田园山水中既看到乡野生活的淳朴，又看到日新月异的变化。作品不再是单纯的传统山水景观，而是以田园诗歌的形式记录、赞颂了贫困山乡脱贫致富后充满生机的图景。

结束采访，记者找到了这位木雕传承人能被誉为"大国工匠"的答案。他和所有"大国工匠"一样，技艺精湛、执着艰守，不断创新、追求极致。他们敬业、精益、专注、创新，他们的梦想都是让中国强起来。时代呼唤工匠精神，并不仅仅是对传统工匠技艺的传承，而是对一切职业精神的呼唤，是为了擦亮爱岗敬业、劳动光荣的价值底色，为中国制造强筋健骨，为中国文化立根固本，为中国力量凝神铸魂！

·摘自《光明日报》2020年6月8日·

山西民间炕围画

李玉明

炕围画作为山西地方文化中一种地域性很强的民间艺术形式，是壁画、建筑彩绘和年画的复合体，在晋东南地区、吕梁地区、晋中地区、忻州地区、雁北地区均有分布，其中尤以原平、代县的炕围画最为著名。

美化居室的炕围画

晋北属于高寒地带，农村的家家户户都用火炕取暖御寒。炕上的墙面因极易起皮脱落，故经常蹭脏衣物被褥。于是，人们先以刷墙所用的白土（亦叫甘子土）调以胶水，在环炕的墙上涂以高约两尺的"围子"，这样既保护了墙面，又使人们免遭了脏衣污物之累。

实用性有了，但无美感。于是人们又以墨线绘以简单的线条边饰，中间再画几枝兰叶墨花，果然悦目。就这样，最初形式的炕围画便出现了。

稍后，人们又用颜料做底和画画，再用桐油涂罩，使炕围画既鲜艳亮豁，又坚固耐久。日常沾上脏污，以湿布揩擦，则又光亮如新。因此，炕围画开始在民间流行起来。

后来，由于众多给宫廷、庙宇进行彩绘的画匠投身此业，各种建筑彩绘图案、表现形式也被大量借鉴和引进。而民间木版年画在城乡的盛行，各种画作图谱的刊印流传，又为炕围画的内容提供了丰富多彩的"蓝本"。

到了清代，炕围画的表现能力日渐成熟，形式格局逐步完备。

此后，又经过无数民间画匠和劳动人民的智慧合力、新型油漆涂料和绘画颜料的应用，以及各种姊妹艺术的影响和滋补，使得这一乡土艺术之花枝繁叶茂，越开越艳。如今，随着农村人们生活水平的提高，炕围画遍及千家万户。

丰富多彩的炕围画

炕围画的形式构成有一套固定的程式，即以上下两组边道按照一定的规格布置，形成其主体框架，中间等距离安排各种画空，既具完整对称的装饰形式美感，又具繁简对比、主从相映的丰富表现力。环炕的墙上是炕围画的主体，锅台画、灶头画、看墙画是其外延部分。

炕围画的高度一般为两尺左右，现在由于房屋建筑日渐高大宽敞，炕围画亦有逐步增高之势，其长度则依照炕的大小而定。

炕围画画空、边道以外的空间部分所涂色彩称为"底"。宁武、五寨一带喜用红棕色，红火浓艳，强烈醒目；原平、代县、繁峙一带则多用绿色，素雅大方，清新悦目。二者各具其妙，各有千秋。

边道图案是炕围画的精华所在，对炕围画的形式和风格的形成起着极为重要的作用。所以，评定一套炕围画的优劣高下，亦多以此为标准。

边道的种类极多，相当一部分是由具有吉祥寓意的图案纹样反复连续而成。常用的有褪色边、玉带边、竹节边、边棠边、冰竹梅边、卷书边、万字边、狮子滚绣球边、富贵不断头边、夔在套蝠边（蝙蝠寓福）、暗八仙边（八仙手持的道具）、鹤寿边（白鹤与各种寿字）、福寿边（佛手与桃或蝙蝠与寿字）、金玉满堂边（金鱼加水草水纹）……或古朴、或新颖、或简洁、或精细、或平面展开、或立体凸现、或强烈明快、或平和含蓄，可谓是百色百样、美不胜收。每套炕围画边道的繁简多寡不尽相同,但都是有机组合,相映成趣。如果再仔细体味其中吉祥喜庆的寓意,那更是如嚼橄榄,余味无穷。

同边道相配的还有几种适合形图案纹样,画在画空两旁的为"卡头",设在第二组边道下面角隅处的称做"角云子",这些图案都是"细炕围"的附加装饰,具有锦上添花之美。

画空也称"池子",是炕围画的点睛之处,有长方形、圆形、菱形、扇形等多种图案。其表现内容丰富,人物、花鸟、山水、风景无所不有;表现手法多样,工笔重彩、水墨写意、木版画、年画、装饰画等多元并存。

画空内的人物画旧时多取材于历史典故、话本传说,一般有"桃园结义""三顾茅庐""太公垂钓""苏武牧羊"等。现在则多选用神话传说、戏曲故事,如"嫦娥奔月""麻姑献寿""莺莺听琴""貂婵拜月""白蛇传""红楼梦""梁山伯与祝英台""打金枝""金水桥"等。有的是各种"选段"的集锦式"会串",有的则以"连台本戏"来表现。

花鸟画是深受人们喜爱的画空内容,常画的有"牡丹富丽""孔雀开屏""荷花娇艳""鸳鸯比翼""松伴白鹤""竹拥熊猫""蝶戏秋菊""鹊闹冬梅""兰花沁香""山茶吐蕊",还有"两个黄鹂鸣翠柳""一枝红杏出墙来"……真是花团锦簇。喧闹的春色,时时化解和抚慰着人们饱受生存之累的心境;勃勃的生机,常常激发着人们热爱生活的兴头。

画空内的山水画多为高山奇峰、飞瀑流泉、碧树烟云。风景画则多是各地名胜,如北京的颐和园、杭州的西湖、苏州的园林、桂林的山水、太湖的渔歌帆影,以及由此变化而来的青山碧水、楼台亭阁、长桥曲栏、绿树白云等。

然而"重头戏"还属锅台画和看墙画。画在锅台上方的称为锅台画,无锅台处则为看墙画，由于其面积大、位置显，因而匠人总是把最拿手的本事显露在此处。内容多为吉祥喜庆，如娃娃坐莲花为"连生贵子"，锦鸡与花是"锦上添花"，猫与牡丹、蝴蝶组合为"耄耋富贵"，鹿鹤相聚则是"六合同春"，松竹梅共处为"岁寒三友"，花瓶中插月季花则是"四季平安"。

由于这些题材和内容寄寓了人们对幸福生活的向往与希冀，故而备受喜爱，并作为"保留节目"长盛不衰。由于这些画面都以饱满的构图、艳丽的色彩、生动精细的刻画而引人注目，故而享受着主人们的"重点保护"。有的是以透明的塑料薄膜遮罩，有的则专门用一个"茭箭排排"挡尘御气。只有在亲朋好友上门或左邻右舍相聚时，方才展示夸耀，其珍爱之心可见一斑。

灶头画是与锅台画相连的立式画面，因画在风箱上方供灶君的位置而得名。表现内容有瓜果、花鸟，亦具吉祥内涵。

综上所述，可以窥见山西炕围画的特色：集品类众多的艺术形式，容五花八门的表现手法，纳丰富多彩的题材内容。真可谓倾其所爱，尽其所想，反复铺陈，叠加组合，形成了大艳大素、大雅大俗的美学品格。

·摘自《读者》（乡土人文版）2006 年第 2 期·

我在这里吹个糖人，愿你归来仍是少年

丁妩瑶

在这个高科技产品层出不穷的年代，糖人或许已经成为不太"实用"的手艺，离我们的生活越来越远。毕竟在当下的学校里，没有一个叫作"吹糖人"的专业，在大多数父母心中，也不希望自己的孩子去走街串巷摆摊吹糖人。

可王春晶说："我想我是幸运的，能选择吹糖人作为我的职业。"如果不是身在一个吹糖人世家，如今她应该还是一名打工妹。作为哈尔滨市"90 后"非物质文化遗产的传承人，王春晶说自己家的"传家宝"，不仅是一门手艺、一种艺术，更是一种生活态度——练本事，下苦功，扎扎实实做事，踏踏实实做人。

一颗清心与匠心

据王春晶介绍，他们家从爷爷那代就开始吹糖人了，传到她这儿已经是第三代了，而且她还打算将这门手艺继续传下去。"哪怕我的孩子未来不干这行，也得会这门手艺，不能让它失传。"王春晶说。

相比从事金融、IT 等行业，吹糖人实在算不上一种能赚大钱的职业。在这个金钱与效率至上的年代，能安心吹糖人需要安贫乐道的清心和不曾泯灭的童心，而这也是王春晶家的家风。她说："爸爸总是很有耐心，跟小朋友在一起的时候也像个孩子。"

在王春晶心里，爸爸不仅是师父，更是偶像。她说："小的时候，我觉得爸爸就是魔法师，想要什么就能变出什么，一吹一捏，一只活生生的小动物就出现在眼前。爸爸吹糖人的时候总能吸引很多小朋友围观，我觉得特别'拉风'。"

糖人有一整套的制作方法：吹、捏、拉、剪。具体来说，即先将饴糖加热到适温，然后揪下一团，揉成圆球，用食指沾上少量淀粉压一个深坑，收紧外口，快速拉出。拉到一定的细度时，猛地折断糖棒，此时，糖棒犹如细管，立即用嘴吹气造型。吹糖人的关键在吹和捏的功夫上，要边吹边拉、边吹边剪，否则一下子吹出来，糖很容易冷却变硬，不便于造型。别看每件糖人制作的时间不长，可要想件件都是精品，就需要大量练习才能做到。因为制作期间的温度、火候、时间、气与力，都是未知的，它没有具体的时间，没有固定的法则，需要的是手艺人有一颗肯钻研的心。

王春晶说："爸爸做糖人从来不糊弄，卖出去的每一个糖人都必须做到让自己满意，做不好就不卖。他告诉我做手艺一定要多看、多想、多练，把手艺做精，一定要用心。"

正因如此，糖人在王春晶的心里不仅是甜蜜的零食，更是一门艺术；而父亲对待作品精益求精的态度，也在王春晶心里扎下了根。她说："我们家的家训就是：下苦功夫练真本领，但求无愧于心，任何时候都要扎扎实实做事，踏踏实实做人。我老爸现在还经常在手机上看其他糖人师傅的视频和照片，他总说要吸取别人的长处完善自己。爸爸就是我的榜样，我现在也在不断地学习和创新，创作一些符合时代潮流的新作品。"

属于"90后"的传承

对于女儿选择吹糖人,作为前辈的父亲,起初并不是十分支持。

"他说女孩子上班挺好的,哪有女孩子吹糖人的,所以此前我一直在一家服装店做店长。不过,我倒从小就想像爸爸一样做个手艺人,和他拗了好些年,在我22岁的时候,他终于肯教我了。"王春晶说,"不过,现在他一点也不后悔自己的决定,他时常和我说当初的选择是对的。我想,其实他心里还是乐意我继承这门手艺的,只是不想我像他一样走街串巷,吹糖人其实挺辛苦的,他也是不想让我吃这份苦吧。"

吹糖人的确是一个需要忍耐力的活儿,它需要用手接触80℃以上的高温糖浆,一个不小心手就会被烫伤,这也是很多人坚持不下来的原因。

"做什么不辛苦呢,其实只要做自己喜欢的事就不觉得那么苦了。吹糖人不仅可以谋生,还可以传承文化,我觉得是非常有价值的。"王春晶说,"有很多人看到我吹糖人都会和我分享他们儿时的故事:老人家讲,他们小时候是用牙膏皮换糖人,一见到挑着担子、敲着铜锣的糖人师傅就急忙回家找牙膏皮,家里没有牙膏皮就把还没用完的牙膏挤出来,拿着牙膏皮去换糖人,被家长发现了免不了一顿'胖揍';'80后'说,他们小的时候学校门口就有卖糖人的,小时候没有钱买但是喜欢看,放学不回家,一看就能看到天黑;还有人说,在他们心里,吹糖人的都是老大爷,现在看我一个小姑娘会吹糖人,都觉得难得一见,嘱咐我要好好把这手艺传下去。看他们在跟我分享的时候笑得都像孩子一样,我也感觉很开心、很幸福!"

糖人不仅让王春晶找到了自己,也为她找到了另一半。"他也是个手艺人,做糖画和面人。我们是出摊的时候认识的,算是一见钟情吧。"

爱人给了王春晶很多的支持与鼓励。"他比我有想法，我一开始只想着怎样把手艺做好、做精，他想的是怎样把手艺做大、做成品牌。现在我们计划，把不同的非遗老手艺的传承人召集到一起，办一个非遗项目的体验馆。目前授课老师已经联系好了，今年就会在我现在工作的公园里试运营。现在我的微信朋友里有1/3是我的顾客，后续我会开设公众号，让更多的人知道我们。"

从玩物到"非遗"文化

时光流转，一样的糖人，在不同的时代，慢慢有了变化：爷爷那代，糖人是玩物；爸爸那代，糖人是记忆；到王春晶这代，糖人是非遗文化。"爷爷和爸爸天天挑着担子走街串巷地卖糖人谋生，到了我这一代，国家比较重视'非遗'，现在我是卖手艺，用手艺感染更多的人。"王春晶说。

虽然吹糖人作为一项濒临失传的民间技艺（全国吹糖艺人目前不足百人），已被列为中国非物质文化遗产，但民间吹糖人的生存状况并不乐观。不少家长坦诚，由于糖人放置时间一长容易变质，吃了不健康，所以他们并不主张孩子去买。

"我觉得做糖人应该有责任心。我的想法就是，如果我做不好就会影响整个行业，所以我尽量减少别人对这门手艺的偏见。比如说卫生问题，现在我都是让小朋友自己吹糖人，而不是我来吹，这样不仅能打消家长对卫生问题的顾虑，还能让小朋友参与糖人制作的过程，而不只是观看，这样也更有利于糖人文化的传播。"王春晶说。

作为非物质文化传承人，王春晶深感骄傲和自豪："我是幸运的，但我肩上也担负着重任，我要让人们认识和珍惜这些濒临失传的民间技艺，弘扬和传承民间技艺，不能让祖先智慧的结晶在我们这一代消失，所以我会竭尽全力传承这门艺术，让更多人了解和热爱这门艺术，从而去学习和传承。"

　　现在，除了日常的出摊和表演，王春晶还时常参加公益活动，把民间艺术带入社区、幼儿园、学校等地方，传承和创新民间艺术之路越走越宽。对于我们大众而言，只要还有像王春晶一样的手艺人在，我们就还是年少时代的样子。

·摘自《读者》（校园版）2018年第18期·

心守一事

七 微

第一眼见到茶妈妈杜春峄,觉得她真年轻,完全看不出她已经60多岁了。她穿戴着布朗族的传统服饰,站在茶树林小路旁的一棵树下,双手交叠在身前,面带笑容,朝每一个前来参加茶祖祭祀的客人道一句:"欢迎。"

3月份的时候,知道我在收集关于云南手作人的故事,朋友便问我,要不要跟他去一趟普洱,带我去见一位做了一辈子茶的老人。

我喜欢喝茶,但对制茶一点也不了解。我对茶的最初记忆来自我的外婆。小时候,我常常跟外婆走很远的山路去茶园摘茶叶,天未亮就要出发。外婆说,清晨露水下的茶叶最嫩最好。茶叶采摘回来,外婆当天就会将它们放在一个大木盆里,用双脚使劲儿踩啊踩,然后晾晒干。那是最简易的制茶方式,朴实得没有一点花哨,但制作出来的春茶挺香,外公很爱喝。

因为这一点遥远记忆里的茶香,我随朋友去了普洱澜沧,下了飞机又转乘几小时大巴,只为见一见这位一辈子与茶相伴的杜妈妈。

杜妈妈从16岁开始就在澜沧景迈山上学习制茶,一做就是40多年,从一个小小的学徒到古茶公司的负责人,几十年的变迁几句话就可以概括完,但其间的艰辛却鲜为人知。我从朋友发来的关于她的采访里了解了一些，但谈及那些波折与艰辛，她都只是寥寥数语。她似乎更愿意与人分享她的古茶园、古茶树和茶香、茶艺。

景迈山上有大片的茶园，山上居住着布朗族、傣族等多个少数民族。人们靠山吃山，古茶园是他们赖以生存的珍宝，因此，祭奠茶祖仪式世代传承下来。杜妈妈每年都会亲自主持这场盛会，站在路口亲迎远道而来观礼的茶友。

她把这片高原深山上的古茶园当成自己的家。她不是茶商，而是茶人。她能清楚地记得景迈山有多少棵古茶树，也能清楚地知道，熟茶发酵时，应该洒多少水、开多大窗、盖多厚的被子。直至现在，虽然她年纪大了，依旧会亲自去茶园采摘茶叶，制茶。

祭茶祖仪式那一天她都很忙，我只有短暂的与她面对面聊天的机会。

我问她："茶对你来说意味着什么？梦想？毕生的追求？"

她看着我，笑着摆了摆手："没有那么伟大，我只是喜欢茶。我在这片古茶园中长大，我为茶投入了青春年华，它也报以我永远的活力。"

她说："你问我在困难黑暗的时期，以什么来支撑着坚持这么久？因为这是我必须做的事。当一件事情成为你生命中心甘情愿的必须时，再多艰辛，你心里也会涌起一股强大的力量，推着你往前走。"

她拥有一颗匠心。

我们常常说着坚持，可坚持却是最难的一件事，更何况几十年如一日，仅靠一点喜爱是不够的，还需要足够强大且坚韧的心。

心守一事，一生专注。有这样的态度，不管做任何事，在任何领域，都会成为非常出色的人。

·摘自《读者》（乡土人文版）2015年第9期·

修书即修行

李祺瑶

知易行难，修书先修心

文津街7号，中国国家图书馆原址。

1980年，18岁的刘建明开始在这里工作。"父母都在图书馆工作，我这也算子承父业。"回忆往昔，已不再年轻的刘建明感慨良多。

"入行学的第一件事就是要坐得住。"刘建明说。

刘建明的师父是国图第一代古籍修复专家，被称为"国手"的张士达先生。刘建明学艺之初，张士达年事已高，孤身一人住在北京。刘建明和另外两名学员一边学艺，一边照顾师父的日常起居。

修书，不就是粘粘补补，这有什么难的？真正开始学艺，刘建明才明白什么叫"知易行难"。

"常用的修书用纸就有十几种，师父配纸，不仅材质要与古籍的一样，就连'破旧'的颜色也要如原书一般。师父常常一配就是一两天，配出来的纸的纸性、颜色、厚度，甚至帘纹宽度都力求与原书一致。配好了纸，将古籍一页一页地拆开，修复，再一页一页地补上。遇到粘连严重的'书砖'，还得把古籍包裹好，放在竹笼屉里熏蒸，用腾腾热气将粘连在一起的胶质物或老墨软化，每蒸几分钟就要取出古籍，用镊子轻轻地将书页一层层地挑起，这样循环往复，直至书页全部被揭开……这拆书、洗书、配纸、染色、补书、折页、喷水、剪页、锤压、装帧等十几道工序，都是一代代修复师口传心授。师父言传身教，我们日日练习，积累的是经验，修的是匠心。"刘建明说。

近40年光阴，当年的毛头小伙如今也成了"老师傅"。刘建明已掌握了卷轴装、经折装、蝴蝶装、包背装、线装、毛装及金镶玉装等各种装帧形式，以及修复老化、霉蚀、粘连、絮化、鼠啮、虫蛀、缺损等多种技法。

数百册(件)善本书籍、名人手稿、舆图，因他而变得完整。《永乐大典》、"敦煌遗书"等皇皇巨著得以保存流传，也有刘建明的心血。

精益求精，为国修典

典籍诞生，修复技艺也随之产生。

"当衔竹引之,书带勿太急,急则令书腰折。"贾思勰在《齐民要术》中，分析了书籍裂坏、腰折的原因，并给出了相应的解决方案，这是关于古籍修复技艺最早的记载。此后历代，书画装裱修复渐渐流行，明代周嘉胄撰《装潢志》，将书画装裱之法详细划分为"审视气色""洗""揭""补""衬边""小托""全""式""镶攒""覆"等。

"我们的技法，也是传承于此，只不过同源异体。"刘建明说。所谓"异体"，正是刘建明这一代修复师的特色——突破、创新。

《永乐大典》，明永乐年间编纂，是一部集中国古代典籍于大成的类书，全书共11095册，汇集图书七八千种。

正本已亡佚，残存于世的是嘉靖副本。目前，嘉靖副本在全世界范围内仅存400册左右，其中223册存藏于国内，国家图书馆馆藏221册。

400 余年，风雨飘摇，残存于世的《永乐大典》经历了火灾、水浸。藏于国图的 221 册古籍都有不同程度的破损，且相当一部分破损严重，纸张酥脆，大部分书口和书背断裂、散开，难以翻阅。

2002 年，张平、杜伟生、朱振彬、刘建明等 10 余名能工巧匠，开始修复《永乐大典》。

不仅要修复破损，还要修复前人所修。几百年间，半数以上的古籍经前人修复，有的托裱，有的将包背装改为线装，修复材料更是色质各异……刘建明等人在进行修复时，要尽量完整保留《永乐大典》成书时的原始风貌，前人修复时所使用的酸性纸板，要全部替换。

"看一部书修得好与坏，不能看是否修复一新，要看是否古风犹在。"师父的话，刘建明一直牢记于心。

《永乐大典》的书页为皮纸，柔韧性比较好，也比较厚，哪里去找质地相同的补纸？所幸，当时国图收藏了一批清代"高丽纸"可供使用。"这种纸本身就是文物，生产技术已经失传，用一点儿就少一点儿。"刘建明的语气中，透着些许遗憾。

《永乐大典》的封面书皮用的是绢。为找到合适的材料，修复师顶着日头，骑着车，满北京城找布店，挨个儿问，挨家比……前前后后找了一个月，几乎跑遍了全北京的布店，最后终于在"瑞蚨祥"绸布店找到了与《永乐大典》封面材料接近的生丝。

为保持装帧原状，修《永乐大典》不能像修普通古籍那样拆开书脊。杜伟生、刘建明等人创造出"掏补"修复法——不破坏原来的装帧，将补纸按照书页破损的形状撕好，蘸上糨糊，伸进折页中间，一点一点"掏"着修补，使补纸和书页合而为一。

"这叫最小干预，为的是保留《永乐大典》原本的样貌。"刘建明说。

他们还专门为《永乐大典》量身定做了紫檀木装具，以妥善保存这部珍贵典籍。

难为能为，复活"死文字"

近 40 年修复生涯，刘建明觉得最难的，是修复"西夏文献"。"因为，那都是'死文字'。"刘建明说着，掏出手机，屏幕上，残片泛黄，面目全非，依稀可见的"方块字"似曾相识，又全然不识。

"死文字"指古代使用过的书面文字，现已失传，如古埃及文字、楔形文字等。

2003 年 3 月，国图启动西夏文献修复工程，对宁夏灵武县修整城墙时出土的百余卷西夏文抄本和刻本经典，以及苏联捐赠的一部分黑水城出土文献进行修复。这是我国第一次大规模的西夏文献修复工程。"很多卷册有不同程度的残损，其中数十卷佛经在折口处断裂，造成书页顺序错乱，难以连贯。"刘建明说着，手指划过照片中的"方块字"，"最难的，还是认这些字。"

刘建明和同事们都不认识西夏文，难以确定文字顺序，修复也无法开始。

怎么办？思来想去，刘建明等人邀请西夏学专家史金波参与古籍"会诊"，全程指导修复。群策群力，一个个"死文字"渐渐复活，一枚枚残片渐渐修补完整……残片太多，如何保存？按照传统方法，就是找个文件袋，统一装起来。这样虽然省事，但残片不好找，还容易造成二次伤害。

刘建明又独创了"挖镶"修补法。他准备好一本空白的线装书，根据残片大小，先在书页中"挖"出相应的区域，再把碎片"镶"进去。书页基本平整，每一页纸镶嵌一枚西夏文献残片，便于翻阅寻找。

复活"死文字",还用上了计算机。

国图古籍修复人员研发了修复档案系统,利用计算机技术第一次全程记录了西夏文献修复过程并进行前后对比,每一处破损的程度、原因、位置都记录其中,这也是国图第一份完整的影像修复档案。与此同时,专家们还对西夏文献进行跟进整理和研究,出版了多部著作,为修复其他少数民族语言文献积累了经验。

"这次修复,是国图古籍修复在传统技艺与创新技法、文化与科技上的首次碰撞融合。"国图相关负责人说。

新知修故纸,匠心仍为本

比起修复难度,刘建明更忧心的是后继乏人。"2007年以前,全国干我们这行的不足百人。"

随着"中华古籍保护计划"的实施,目前,这一困境有所改观,古籍修复室来了更多的年轻人。"现在组里'80后'占了一多半。"刘建明说。

早年间,古籍修复的老师傅,很多都只有小学文化,"我们师兄弟进组时,也就是高中毕业。"刘建明说,"现在的修复师都是研究生,甚至还有从英国、日本留学回来的学生,专业背景涉及美术、应用化学、文物保护、古籍修复……更新鲜的知识、更先进的技术被引入古籍修复。"

修《永乐大典》时,配纸、选纸,全凭手摸,麻纸、竹纸,还是混料纸,有经验的老师傅一摸便知,但这手艺没个十年八年是练不出来的,即便学成,也有摸错的时候。

现在,有了显微镜,纸张的纤维、成分,一看便知。刘建明拿来两张纸,一张是树皮纤维,一张是竹纤维。摸起来差不多的两张纸,在显微镜下全然不同——树皮纤维表面有层透明的胶质膜,颜色一般是棕红色、酒红色、紫红色、玫瑰红色……竹纤维看上去像竹子一样坚挺,两头尖尖,有粗大的导管,颜色有发红的、发紫的、发蓝的和发黄的……"这是一台纸浆补书机。"刘建明指着一台类似打印机的机器说,"几十秒就能补好一页书,以前一天补一页,用这台机器,一个人一天能补40页。"

修复室里,还添置了冰柜。新收的古籍,修复前要冷冻半个月,以杀掉古籍中可能携带的虫卵。古籍书库也用上了中央空调,24小时恒温恒湿,连紫外线、光照强度都有讲究……新设备虽好,但刘建明还是很谨慎。"机器冷冰冰的,不如人心灵手巧。"比如补书机,不能修补缝隙,也不能修补跑墨掉色的古籍,对纸浆的把控也不准确,而且用机器修书,稍不留神,就把纸弄破了。进组的年轻人无论学历多高,还是要先从"坐得住"开始学起。刘建明始终相信,古籍修复,是慢工出细活儿。"无论技术再怎么先进,精益求精的匠心必须坚持,这是立身之本。"

数字化,古籍新生

竹帛、纸张、手抄、册印、雕版、铅印……历史长河中,每一次书写介质和印刷方式的转变,都使古籍更易保存,流传更广。

数字化,让古籍焕发新的生机。

浩如烟海的古籍,如果单靠手工修复,恐怕要数百或数千年。"数字化是保护古籍最快、最经济的办法。一部书只有化身千百部书,才能保存下来。"国家古籍保护中心副主任张志清说。

如今,扫描、拍照、数据库等技术,正在为古籍保护提速。"数字化技术,还可以帮助我们记录修复的过程、修复的技艺、修复的经验,从而传承技法,提高效率。"刘建明说,"不过,修复还是第一位的,这是古籍数字化的基础,很难想象,一部破损的古籍,又如何数字化?"

古籍珍贵，即使修复完好，也不宜多次翻阅。但如果束之高阁，修复的意义也就打了折扣。"我们传承技艺，修复古籍，是为了让中华优秀传统文化传播得更广，能为更多人服务。"刘建明说。

2019年11月12日，国图等20家单位联合在线发布古籍数字资源7200余部（件）。至此，在线发布的古籍资源已超过7.2万部（件）。无论在哪，只要有互联网，读者就可以登录国家图书馆官网，浏览古籍善本。

岁月无声。平静的生活，鲜有波澜；穷尽数载，也难名声大噪。这修行般的日子，刘建明不觉得苦，他渐渐明白了入行时师父对他说的话："若能为国家多修几本好书，使古老文化传承下去，才是最幸福的。"

·摘自《读者》2020年第3期·

寻纸记

周华诚

一页纸，在光线下显出温柔的质地。

我与它相见，是在浙江西部一个叫开化的山城，清婉的马金溪旁边，一座有古老樟树的村庄里。我特意到那里去看纸。

也许是天然对纸有一种亲近感吧，我去过很多地方，只要听说有手工纸，都会去找一找，看看造纸的手艺，聊聊纸的故事。听说开化有一种极为特殊的手工纸，便忍不住按图索骥地寻去了。

是在盛夏——阳光热烈，到老樟树底下的路口右拐，看到一个院子。遂叩门。木门吱呀一声打开，小院子里铺了一地阳光。

定睛细看才发现，那是一地的纸。

1

到开化访纸，访的不是普通的纸，而是珍贵的桃花笺。

"开化纸系明代纸名，又称开花纸、桃花笺。原产于浙江开化县，系用桑皮和楮皮或三桠皮混合为原料，经漂白后抄造而成。纸质细腻，洁白光润，帘纹不明显，纸薄而韧性好。可供印刷、书画或高级包装之用。清代的康、乾年间，内府和武英殿刻印图书，多用此纸，一时传为美谈……"

去年，我买了一本定价高昂的《中国古纸谱》，这是我所有藏书中最贵的一本——其中就提到了开化纸。

我们现在还能遇到这种纸吗？

不不不。开化纸早就失传了。它只存在于典籍中。

"开化纸原产地在浙江省开化县，史称'藤纸'，其工艺源于唐宋，至明清时期趋于纯熟，是清代最名贵的宫廷御用纸，举世闻名的《四库全书》就是用它抄写的，其质地细腻洁白，有韧性。然而由于种种原因，开化纸制作工艺已失传百余年……"

纸的种类有很多，造纸的原料和工艺也有很多。譬如说，楮皮纸的纤维较长，自古以来常用于书画创作。楮皮纸也比较坚韧，使书画作品可以长久保存，而当人们修复古籍和书画时，也往往会用到楮皮纸。

我的同学丹玲在她的文章《村庄旁边的补白》里，写了她故乡贵州印江一群造纸的人。这使得我对那个村庄里的人充满探究之心。后来，丹玲专门从合水镇千里迢迢地寄了一些手工纸给我。

那纸真好，坚韧绵实，细腻白泽，折一折也不起皱纹。我舍不得用。

还有一次，我在日本京都买到一些精美的笺纸，也舍不得用。如先贤所说，越美丽的纸，越不敢草率使用。有些漂亮的信纸，一直保留着，随着时间的流逝，竟染上些寂寥的色调。

2

木门开处，黄宏健蹲在地上，手里举着一张纸，迎着阳光眯眼细看。阳光洒了他一身。

他举着一张纸，像举着……什么呢？手帕？经文？我形容不好。只觉得眼前这个人如痴如醉。

他在读什么呢？

那不过是一张白纸，上面什么都没有。

有时候我会想，当一个人沉醉于某人、某事或某物时，一定是最幸福的。

我看着黄宏健读白纸，觉得这不是一个平常人。平常人哪里会这样痴呢？他在白纸上，于无声处，是要读出惊雷的。

曾经他也算是小镇上的有为青年——敢想敢闯，脑子活络，做什么都做得风生水起。比方说，十年前，他在开饭店；再往前，他打井；再往前，他开过服装店，开过货车跑过长途，也下苏州办过家具厂——哪里跟纸有关呢？

他甚至连开化纸都没有听说过——什么开化纸？什么桃花笺？

他开的小饭店在小镇上还有些名气，菜烧得入味。不知道哪天，有一群人在饭桌上聊到纸。那时黄宏健年轻呀，跟谁都能打交道，都能聊得起来。他烧完了菜，从后厨出来，解下围裙，客人叫他坐下喝杯酒，他便坐下了。小饭店总是这样，来来去去，都是些熟面孔。两杯啤酒下肚，黄宏健听人说到开化纸，颇不以为意：开化以前还造纸吗？

人家说，这你就不知道了吧，开化纸，搁在从前可是国宝啊！

国宝？黄宏健一听来了兴致：这么好的东西，现在呢，还有吗？

人家摇头：没了。

可惜。

不仅没了，连一个懂行的师傅都找不到——这个绝活，失传了！

就这么随随便便问了一句，没有人想到，许多年后，黄宏健却埋头走上了寻纸的道路。

这是一条几乎没有人走的路。你傻呀——风雨交加，泥泞不堪，你踽踽独行，你的前面、后面，没有一个人。

黄宏健哪里懂造纸呢？人家笑他，你又不是个读书人，书没读过几页，纸也没摸过几张，你学造纸干什么？

不如你找点擅长的事情做吧——人家说，你卖鞋、搞水电、钻井、开饭店，不是都很精通吗？做自己擅长的事才能挣钱，千万别去折腾什么纸了！

但是，当一个人一心想要做一件事的时候，没有什么可以拦住他。

黄宏健的小饭店跟别家不一样，他的小饭店里常有文人来，文人来了就写字画画。自从听人说过开化纸的事儿，黄宏健就着了魔，异想天开，想学造纸。

造纸还不简单吗？把稻草竹浆捣碎，沥干，就是纸。从前外婆带他认过一些草药植物，他从小在山野中长大，造纸还会比炒菜开店难吗？

他把小饭店交给妻子打理，自己东奔西跑，走上了造纸之路。只要听说邻县邻省哪里有造纸的作坊，哪里有懂得造纸手艺的老人家，他都去拜访；甚至听说哪里有人家祖上造过纸，他也会辗转寻去，跟人家聊聊。

方圆两百公里内，只要跟纸有关的地方，他都跑遍了。

回到家，他就窝在角落里搞科学实验。

他的科研器具，是一口高压锅。

小饭店不是还开着吗——他有时躲进后厨，一口锅里炖着鸡，另一口锅里煮着纸。

那时，他不知道这条路有多难，他只是怀着满腔热情。他要早知道造纸那么难，水那么深，估计早就不肯玩下去了。

造纸比什么跑运输、做地质勘探、打井、做厨师都难！难上一千倍、一万倍！

有一次，他去了省城，到浙江省图书馆查阅文献。他想看看用开化纸印的古书是什么样子。书调出来，他一看，好似被当头泼了一盆冷水，浑身冰凉。

他这才知道，自己造的那是什么纸呀，手纸还差不多。从前的开化纸什么样？你看一看，摸一摸，就知道了——那才是国宝！

要是换了别人，到此一定放弃了。

但黄宏健这人"轴"啊。他觉得，他造纸，可能是命中注定的。否则，他小饭店开得好好的，怎么突然就对造纸这件事痴迷了呢？

从图书馆回来，他搬回家不少书——《植物纤维化学》《制浆工艺学》《造纸原理与工程》《高分子化学》等，还有砖头一样又厚又沉的县志、市志。

为了一门心思造纸，他一冲动，把饭店关了。

他想，人家蔡伦能造纸，他怎么就不能造出开化纸呢？

2013年，他进山研究纸。

为什么要进山？因为家里地方小，摆不开摊子。他在山里整出个地方来，好有个腾挪空间。

结果，光是造纸这件事，一年就让他花掉了三四十万元钱。

这是他没有想到的。造个纸，怎么那么费钱？能不费吗，全国各地奔来跑去，看人家怎么造纸，听人家讲故事，去拜访专家，上北京、下广州，能跑的地方都去了。

造纸这件事，了解越多，研究越深，他越觉得压力大、差距大，造出开化纸仿佛是遥不可及的。

黄宏健迁居山中的地方，离村子三公里路，算是远离了人间烟火。夫妻俩进了山，村民都说这两个人是傻了。有钱不好好挣，不是傻吗？

傻就傻吧，他们不怕别人说闲话。就是屡败屡试、屡试屡败，让人看不到出路。

夜深人静，黄宏健扪心自问，早知道造个纸这么难，他一定不会来蹚这浑水。你看他现在，每天做什么——去山上砍柴，弄材料，打成浆，或者放进锅里煮，然后捞出来，在脸盆里晾干。他天天跟树皮、藤条、草茎子打交道，也不知道这事靠不靠谱。

最艰难的时候，他也想放弃。

半夜里，看见天上的月亮，山里特别宁静。他慢慢地觉得心静下来了，不那么急躁了。他想，或许是冥冥中有一种力量驱使他来做这件事的，这么一想，他便觉得生活好像没那么苦了。

3

开化纸到底有多难造？

有人认为，"开化纸，几乎代表了中国手工造纸工艺的高度"。

这句话也不是空口说说的。近代藏书家周叔弢就认为，乾隆年间的开化纸，是古代造纸艺术的"顶峰"。在古典文献领域，开化纸是一个极为常见的概念，因为在许多精美殿版古籍的介绍资料中，常能看到"开化纸精印"这样的描述。

"蔓衍空山与葛邻，相逢蔡仲发精神。金溪一夜捣成雪，玉版新添席上珍。"

这首《藤纸》，是明代诗人姚夔描写开化纸的。

商务印书馆董事长张元济，在1940年3月的一篇文章中不无遗憾地写道："昔日开化纸精洁美好，无与伦比，今开化所造纸，皆粗劣，用以糊雨伞矣。"

开化纸的制作工艺失传已逾百年，加上其制作技法未被文献记载流传下来，所有的工艺只靠历代的纸匠口耳相传，秘不示人，所以，想要恢复开化纸，其难度真不亚于登蜀道。

隐于山间的黄宏健到底是如何挨过一个个不眠之夜的，我们无从得知。唯有山野的蛙鸣、夜鸟的悠远啼叫，一波又一波地涌进简陋的房间。

直到一种植物"荛花"的出现。

在寻访中，黄宏健得知，从古代一直延续至20世纪80年代初期，在开化及广信府（主要是江西的上饶县、玉山县）地区，每年有采剥荛花、官方采购的惯例。

荛花是什么？继续探究，发现荛花是开化土称"弯弯皮""山棉皮"，玉山土称"石谷皮"的一种植物。老人们口传是用于造银票的，后来用来造钞票。

黄宏健于是按浙江、江西的中草药词典，查到这种植物的学名——荛花，顺势开展种类、储量、分布、习性等的调查。

经过多年的田野调查和反复试验，黄宏健渐渐厘清了开化纸的原料构成和制作流程。北江荛花，这种在高山上广泛分布的植物，正是开化纸的主要原料，而且荛花有一定的毒性，用其制成的纸可防虫蛀，千年不坏。

山重水复疑无路，柳暗花明又一村。

2014年深秋，黄宏健写下一首诗："世闻后主名，未谙南唐笺。纸里见真义，欲辩已无言。"

有人跑去深山里看他。在那幢深山中的土房前，黄宏健眼里的期盼，令人过目难忘。

终于，独行者不再孤独。2013年11月，由黄宏健、孙红旗等人发起成立的开化纸传统技艺研究中心获批，成为开化县民办非企业单位，获得了县委、县政府的支持。

2015年7月，心系中华古籍保护事业的中国科学院院士、复旦大学原校长杨玉良，出任开化纸传统技艺研究中心高级顾问，着手组建院士工作站。

在开化山城行走，我有时不免会惊讶，觉得这座小小的山城，为何藏了这么多的传奇。

在乡野，在市井，一张迎面而来、神情淡然的面孔背后，说不定就有着非凡的经历与故事。

有一次，黄宏健终于进入国家图书馆专藏室，与文津阁版《四库全书》相见。戴上手套，他摩挲着用开化纸印成的古籍，一时之间百味杂陈。

这是黄宏健没有想过的事。他也没有想过，院士杨玉良会来帮他。杨玉良当选中国科学院院士14年，从不在社会上兼职。但为了恢复开化纸，这位复旦大学老校长破了例。

古籍的修复，已是刻不容缓。

国家图书馆副馆长、国家古籍保护中心副主任张志清表示，普查发现，目前我国现存的古籍约五千万册，其中有一千五百万册古籍正在加速氧化、酸化，出现损坏，亟待修复，古籍保护事业时不我待。

要修复中华古籍，就要用中国最好的传统手工纸。这样的手工纸到哪里去寻？

开化纸！

我时常记起，去年夏天我推开小院木门的情景。

吱呀一声，木门开处，一地阳光。

小院内，有一座不大的展厅，展厅里陈列着几件宝贝。黄宏健领着我一边观看，一边解说。

"院士工作站"启动之后，开化纸的复兴有了重大进展。

科技的力量为开化纸的复兴插上了翅膀。皮料打浆工艺、漂白工艺得到创新、改良，设备也得以提升，工作效率更高了。终于，黄宏健他们研制出来的纸张成品，越来越接近开化纸古纸。

此外，纸浆除杂、帘纹攻克——这两道造纸过程中最复杂的技术难题，在杨院士的指导下也迎刃而解。

2017年，在开化纸国际研讨会上，专家依据最新检测的纸样认为，复原的纯荛花"开化纸"，寿命可达2825年。

纸寿千年，这是一页纸所能承载的最大荣光。

随后，国家图书馆、浙江省图书馆纷纷伸出援手——有意采购开化纸用于古籍修复。

专家说，这才是开化纸应该有的样子。

纸是什么？

纸是用来写字的吗？还是用来传承文化、接续文明的？

而如果没有与一页纸相遇，青年农民黄宏健应该还会继续开饭店，或者打井。

他时常会记起自己隐居山中的那几年。他觉得那几年也像一页白纸，那么干净，那么纯粹。

尽管，那几年是他一生中最孤独的时光。

我想，每个人的一生中，都有一段或几段这样的"孤独时光"。怎么度过它，则会成就不同的人生。

因此，关于黄宏健的那几年，或许我们也可以这样说——有时候，是一个人造出一页纸；有时候，是一页纸照亮一个人。

·摘自《读者》2019年第16期·

桃花坞木刻年画

孙迎庆

从久远历史中走来的桃花坞年画,一路风尘,一路辉煌,送走一个个旧岁,迎来一个个新春,它寄托着吴地百姓祈福的夙愿,演绎着苏州民俗百态的变迁。

在苏州众多的传统民间工艺里,桃花坞木刻年画是一个值得苏州人骄傲的文化符号。其独特的艺术风格在中国美术史、民俗史上确立了它应有的地位。桃花坞年画不仅广泛流传于江南一带和全国许多地方,而且远渡重洋流传到日本、英国和德国,特别是对日本的"浮世绘"有一定程度的影响,被誉为"东方古艺之花"。

明朝中叶的苏州是富庶的江南名郡,商业繁荣,风景秀丽,人文荟萃,除文人书画异常活跃外,还聚集了一批民间美术匠师。富裕的苏州人讲究生活情趣,家中悬画,随节令不同而更换,年节风俗更是丰富多彩,这些都为该地年画的发展提供了优越的条件。清雍正、乾隆年间是桃花坞年画最繁盛的时期,这里聚集着数百名画工和印刷工匠。清末战乱,桃花坞年画的生产受到了严重的破坏,此后一直萎靡不振,到民国末年时只剩下鸿云阁、王荣兴等两三家。直到20世纪50年代初期,才由政府组织艺人成立苏州桃花坞木版年画社,在整旧创新方面有了很大进展。近年来,桃花坞年画以苏州小桥流水、黑瓦白墙、枕河人家、村姑服饰、民风民俗等作为主要题材，既体现了年画的拙朴，又有很高的艺术趣味。

桃花坞年画继承了明代精湛的分版分色套印技术，一幅年画作品，由构思、起稿到完成，经过画稿、刻版、套印等步骤，工序繁多复杂。画师画出白描稿，刻工刻出墨线版和色版，一般分为红、黄、蓝、绿、紫五色，印刷工负责印制。画师创作的图画要适宜雕刻，线条清晰，且不能有太多转折。画稿要求构图丰实饱满，形象简洁生动，富有民间木刻版画的装饰趣味和审美情趣。

桃花坞年画轻灵细腻，饱含着水乡姑苏的温婉柔情。水边人家又多是儒雅富商，他们既懂得藏富和守富，也饱读诗书，满腹经纶。于是，桃花坞年画的题材格外讲究，有祈福迎祥、时事风俗、戏曲故事，可谓"巧画士农工商，妙绘财神菩萨；尽收天下大事，兼图里巷所闻"。老艺人创作的技巧是：画中要有戏，百看才不腻；出口要吉利，才能合人意；人品要俊秀，能得人欢喜。

《姑苏阊门图》是雍正十二年（1734年）宝绘轩所刻，是这一时期苏州阊门的写实图像。民间画师以繁华市井为表现对象，将宏伟的实况场面、繁多的景色做了忠实的描摹，如林立的楼台市肆，栉比的高甲门第，街头熙来攘往的民众，运河上穿梭往返的各种船只，生动地再现了苏州的市井生活，表达出民众的欢乐和满足，是我国木版年画艺术中不可多得的艺术珍品。《三百六十行图》为雍正年间刻印，是苏州阊门内外繁华景象的写实图绘，近景为南濠街。当时胥门已是四方百货的集散地，民间有"金阊门，银胥门"之说。连接阊门至胥门的南濠街，也就成为热闹的街市。护城河上樯帆林立，舟楫首尾相接。阊门大街红楼栉比，画舫衔接，酒帘飘扬，歌管声闻，是苏州绮丽糜华之地。《黄金万两》画一头扎双髻的童子，单足立于"聚宝盆"之上，右手举双鱼如意，左手抱"日进斗金"彩旗，上有"黄金万两"四个字，预兆来年生意兴旺，为商贾所欢迎的题材之一。《姑苏报恩进香》画报恩寺塔高耸入云，大殿内塑观音菩萨，有老妇人叩头祈愿。《玉堂富贵》以苏州评弹为题材，演员自抱琵琶弹唱，内容大多是"落难公子做状元，小姐私会后花园"之类的故事。图中评弹艺人在唱堂会，背景衬一花架，架上瓶中插有牡丹花和玉兰花，寓意富贵之家。《上海火车站》反映了清末上海铁路之实况。《一团和气图》始创于明代成化元年，将晋代的三位高士画成一团，用一副头脸做正侧三面观，看上去如三人团抱一体，富有年画装饰趣味。

旧时卖年画的小贩，往往在新年前后，挑担推车，远道而来，其情景如《清嘉录》所载："城中玄妙观尤为游人所争集。卖画张者，聚市于三清殿，乡人争买《春牛图》。"我们可以想象劳累一天后的人们，在油灯昏暗的光线里细细欣赏品味这些色彩鲜艳、内容丰富的年画所怀有的欢娱之情，画中的各色人物和有趣的故事情节，伴随着他们度过了单调乏味的生活，带来了精神上的享受。

也有小贩们把年画背在肩上走村串镇，每到一地，油纸一铺，年画一摊，有说有唱，十分生动。这些唱词各有传授，或祖传，或创新，唱腔也不尽相同，唱词大多使用苏州方言俚语。如《老鼠娶亲》唱词有"年三十夜里闹嘈嘈，老鼠做亲真热闹。格只老鼠真灵巧，编捐旗打伞摇了摇。格只老鼠真苦恼，马桶夜壶挑仔一大套"；《捐龙灯》唱词有"正月里厢捐龙灯，小官弄仔无道阵。有个龙灯好像活仙人，当中靠仔老寿星，外加还要吹朝金"。通俗诙谐，成为颇具特色的节俗文化现象。

不同的地方贴的年画各不相同。大门由门神秦叔宝、尉迟恭把守，客厅则多贴《花开富贵》《一团和气》，卧室挂的是《麒麟送子》，书房里则贴《五子夺魁》。悬挂年画要随节令不同而更换，正月十五、端午节、中秋节各有各的名堂，内容也从门神衍生出了其他民俗风物的题材，像祈福迎祥的《和气致祥》《天官赐福》，刻画时事风俗的《春牛图》《合家欢》《黄猫衔鼠》等。

当宁静的手艺时代已渐渐成为记忆，迎面而来的是喧杂的现代生活。其实我们失去的不仅仅是手艺，还有千百年来传统文化的积存；我们留恋的也不仅仅是像桃花坞年画一样的手艺，而是做手艺时那一片宁静而祥和的心境。

·摘自《读者》（乡土人文版）2009年第7期·

乡村榨坊

陈 钢

油菜籽每年都在固定的时间开始成熟起来,香味顺风而飘。仿佛是前一年随风飘远的阵阵香味,被另一场相反的风又给刮了回来,熟悉而又亲切。每当油菜籽成熟的时节,我就想起了故乡的老榨坊。老榨坊坐落在一个闲置的队屋里,离我家大约一箭之遥。每到开榨的时候,那种菜油的浓香就满村飘溢。小孩子把鼻子伸进风里大口地吸气,啧啧啧,真香啊!

老榨坊的榨机是用山上最好的松木制成的,一根粗壮的撞杆被几个榨油匠迅速地抡起,从对面飞快地砸过来,随着"嘭"的一声巨响,你都疑心榨机要散架了。闭了眼,却听见了菜油淅淅沥沥的滴落声音,香气也很快就弥漫开来了。

背着新收的油菜籽来换油的老农推开了榨坊的厚重门板,苍老而悠长的声音会使正拉石碾子的牛儿放慢脚步侧耳倾听。榨坊里的光线不好,通常榨油匠会停下手中的活计,和老农摆出各种站立的姿势来仔细打量对方,打着赤背的榨油匠和穿戴整洁的老农看起来就像两块不同的庄稼。时光流动极缓,榨坊里静立的人像有种雕塑的意味,许多年就这样存在我的印象里。

老榨坊里炒油菜籽的灶里有上好的火灰,我们把洋芋埋进去,然后托了腮看被时间打磨得溜光的石板地，上面有一些深深浅浅的脚痕，使人疑心是光着脚板的榨油匠故意踩出来的。熟透了的洋芋白花花分成两半，一个榨油匠蘸上新油还来不及送进口里，却被我们几个小孩子一把夺去了，突然就爆出一阵哄笑。榨油匠笑骂着并不起身去追，榨坊里因为有了我们这些贪嘴的孩子才显出一派活力。有个很年轻的榨油匠兴致来的时候，还会亮开嗓子唱几句山歌，他的唱腔苍凉悠长。

多年以后，这些十分恬静而又刻入人心的细节总在莫名地温暖并感动着我。后来我在一本《花城》杂志的封底上偶尔看到了一幅油画，画上是位午后独坐的粗犷男人，背景是那种悲怆的昏黄，看得我口干舌燥。我马上就想到了那个午后唱山歌的年轻榨油匠，和那种与老榨坊相关的昏黄颜色。

一个村庄，要是没有榨坊，那它少了的就不仅是一道乡村风景，还有一些乡村的文化。在液压榨油机开始风靡乡村的时候，老家榨坊里的几个榨油匠依然顽强地在抡着撞杆。"嘭"的一声巨响，我听见了新菜油淅淅沥沥的滴落声，然后是随风飘荡的老榨坊的油香。

·摘自《读者》2003 年第 12 期·

窑洞时代

高 凯

我是窑洞的儿子,对窑洞的母系属性深信不疑。

我的出生地是甘肃省合水县,它位于黄土高原董志塬东南边缘一个驴脊梁似的塬上。我家的窑洞在临沟的塬畔,也是县城所在地,父母就是在这里一口气生了四男四女八个孩子。但树大分叉,随着我们各自立业成家,一个大家庭后来变成了几个分散于几处的小家。我是最小的儿子,整个童年和少年时代都在窑洞里度过。说我是一个生在窑洞、长在窑洞、地地道道的"窑洞人",一点也不夸张。

未及成人,刚长出一点力气,我就和几个兄弟姊妹一道,跟着父亲挖过一次窑洞,虽然只是在旧窑洞的基础上翻新,不是挖新窑洞。

以前的窑洞都很粗放,而到了我住进窑洞的时代,窑洞已经很讲究了。如我家的那几孔窑洞,后来还用砖头把每个窑口箍了一遍,很是好看。

因地制宜是陇东人凿穴而居的宝贵经验。住在塬上,窑洞挖在塬当中或塬畔;住在沟里,窑洞挖在半山腰或沟底;住在川中,窑洞就挖在川道两边河水够不着的地方。当初,我家是外来户,可能没有别的选择,只好在塬边沟畔安身了。

挖窑洞之前,须先选一块风水宝地,然后根据地形,在黄土里斩出一个巨大的土庄子来。竖立的一面叫"庄面子",平地叫"庄院子"。庄子又分明庄子和暗庄子：所谓明庄子，就是一面朝着沟壑完全敞开，一眼就能看见；所谓暗庄子，也叫"地坑院"，就是四面皆被黄土围拢，不容易被人发现。庄子修妥，用几把斧头和铁锨，外加一辆架子车，土行孙般从庄面与院子的连接处径直往里挖进去，一两个月下来就能挖出一孔窑洞。窑洞的深浅和高低因人因地而定，一般深及三丈，高不过三人。陇东人的庄子正面的窑洞只挖单数。所以，小一点的庄子一般是三孔窑洞，大一点的庄子一般是五孔窑洞。其中的奥义，不得而知。过去的老式庄子，还会在两孔窑洞之间的上方挖一孔小口径的高窑，成为窑上窑，用以登高眺望；在窑洞的里面挖一孔暗窑，形成窑中窑，用以贮物或藏身。新窑洞挖成，要等到湿气不渗骨头、干透坚固之后，才可进行后面的工程。届时，先在窑洞的入口处砌起一堵遮风挡雨又通风采光的山墙，然后盘炕、垒灶、筑烟囱，最后再用麦草麦衣和的泥把上上下下、旮旮旯旯抹几层，才可以安装门窗、摆放家具、点灯生火、放心入住。此外，财力人力强的人家，还要围一圈院墙，建个气派又牢固的大门；有文化的人家，更忘不了雕个门楣，上刻"耕读人家"四字，以彰显身世。

　　住进窑洞的时候，还要栽杨栽柳，种桃种杏。人走到哪里，树跟到哪里，这是窑洞人家的老传统。在陇东，窑洞人家都掩藏在树木之中，庄上庄下一片葱茏，找到了树就找到了人家。

　　炕和灶是窑洞内部的关键。从窑门一进去就是炕，土坯垒就，里面是空的，用一根土柱支撑，在靠人进出的一面开一个小门洞，添柴点火后炕就会热起来。家境好的人家，炕上铺着竹席、羊毛毡，盖着花绸被子；家境不好的就只能光身子在硬竹席上睡，身上盖的也是破破烂烂的粗布被子。空空的炕洞里能钻几个人呢，战乱时炕洞就是藏身的好地方。记得小时候玩捉迷藏，我还钻过炕洞。生着火的炕洞里还能烧烤食物，我们经常把洋芋、玉米等埋在热灰中，用不了一会儿就熟了。因为隐蔽，炕洞里还能藏东西。刚改革开放时，村子里有个暴发户，将一万元装进一个铁盒子藏在炕洞里，时间一长，忘得一干二净，结果钱都被火烧成了灰烬，把一家人气得几年缓不过神来。灶在炕后面，与炕紧紧连着，生火做饭时炕也会热。灶台旁边放置着一个大水缸，从沟里挑上来的水就倒在里面。灶台另一边是案板，揉馍擀面，切菜剁肉，都在这个结实的案板上。靠墙立着一个木架，上面整整齐齐地放着刀叉铲碗碟勺筷，而柴米油盐酱醋茶则装在瓶瓶罐罐中。在窑洞的最里面，则放着粮囤、米袋和面缸。饭桌支在炕对面的地上，但只有天热时用得上，天一冷人们就在炕上盘着腿吃了。在窑洞里做饭，离不开鼓风吹火，所以家家灶台边都有一个风箱，一个凸出来的风嘴与灶台下面凹进去的风嘴紧紧咬在一起，"咣当咣当"一拉风箱就有风吹进去，灶膛里的火就熊熊燃烧。有句歇后语"风箱里的老鼠——两头受气"，说的就是风箱。不过老鼠钻进风箱的事并不多见，那些狡猾的老鼠可没那么傻！炕洞和灶洞自然通着烟囱，有进有出。烟囱其实就是窑洞的"出气筒"。明庄子的烟囱在山墙外面，也是土坯砌成，一人多高，经年的烟囱口淤积着厚厚的烟油，漆黑无比。暗庄子的烟囱一般在窑洞顶上，齐腰高，烟囱口盖着一块小木板，上面拴一根长长的细绳子，一头系在窑门口，做饭前打开，做完饭盖上，这样，人就不用跑到庄子上面去，而是在庄子下面伸手一拉绳子即可，像现在的遥控技术。

那缕让许多游子魂牵梦萦的炊烟，就是从这个黑烟囱冒出来，又魂一样升到天上去的。风儿剪不断的炊烟，几乎是家的象征，一直萦绕在文人骚客们的乡愁中。

陇东干旱，但一下暴雨就又涝了，所以，排水是庄子的头等大事。

明庄子会在地面上留一个通向墙外的水道,让雨水直接流到沟里;暗庄子则要在院子里挖一个深深的渗水坑,用来泄水排洪。一个地下四合院似的暗庄地坑院,排水最重要,弄不好可是要遭大殃的。在我的记忆里,我家的明庄子好像也曾经被雨水淹过。

挖窑洞,动土方时需要蛮力,但关键处都需要过硬的手艺活,不是什么人都能干的,一孔窑洞从开挖到完工入住,每个程序用的都是技艺过硬的乡土匠人,如土匠(也叫窑匠)、泥瓦匠和木匠。庄面子因为是门面,所以很讲究,要用一把线勾勒出各种纹样来,犹如在黄土上绣花。父亲是个勤快人,也是个能人,挖窑洞出蛮力的粗活干得踏实,盘灶、垒炕、抹墙等显手艺的细活更见功夫。安身之所,马虎不得也粗糙不得呀!

窑洞借鉴了天然洞穴的长处,又有自己的创新。它与洞穴不同的地方就是,人的意识的进入和家的概念的形成。每孔窑洞,各家都根据自己的实际情况分配不同的功能。比如我家的庄子正面有三孔窑洞,最南边的一孔作为灶房,用来吃饭和睡觉;中间的一孔是客窑,来客人时才用来吃饭和睡觉;北边的一孔除了囤放粮食以外,还睡着一个人——那就是我。当时,除了嫁人的和离家工作的,家里的五口人都住在这几孔窑洞里。而在庄子侧面的几孔小窑洞里,则放着柴火、农具,养着狗和鸡。猪太脏太臭,只能安排一个离人较远的窝儿让它们安身。此外,还有一孔做磨窑的破窑洞。

黄土越干燥就越坚硬。土质好的窑洞可以住几代人呢,比砖木结构的房子还要结实。

村子里的老人最笃信窑洞的坚固。据一位老人讲,民国有一年夜里大地震,他家的那一孔老窑洞在大地剧烈的摇晃中"哗啦"一声裂开一条长长的口子,窑洞里的人看见天上的几颗星星后,口子又"哗啦"一声合住了。地震之后，那孔窑洞还是那孔窑洞，一直都住着人呢！那是村子里最大的一孔老式窑洞，我进去过，高过两丈，深逾三丈，当时的一辆解放牌大卡车开进去，四周和头顶还有不小的空间哩。这是我小时候听到的关于窑洞的最神奇的事了，以至于现在我还把它骄傲地讲给那些没有住过窑洞的人听。而地震中窑洞缝隙里的那几颗星星，则像古老的神话一样，一直闪烁在我富于幻想的少年时代的星空上。

除了坚固以外，冬暖夏凉也是窑洞的优点。这一优点，窑洞人祖祖辈辈津津乐道。窑洞深入黄土，有一堵山墙封口，夹裹寒气的风雪无法侵入，所以冬天不冷；骄阳难以照射到窑洞里头，门户又通风通气，所以夏天很凉。

窑洞人的日子苦涩而又快乐。

住在窑洞里，最苦的事就是上去和下去。上去，是指把厕所和牲口圈里的粪一筐一筐从坡上挑到塬上的庄稼地里，沉重的粪担子压在肩上，高一脚低一脚，跌跌绊绊；而下去，则是通过一条羊肠小道，下到深沟里去担水和砍柴，尤其是冬天下沟担水，风雪茫茫，坡陡路滑，稍不留意就会滚到沟里。不过水上塬之后，我们不用再到沟里担水了，只用爬上坡去井里担水，从此省了许多力气，少吃了很多苦。

懂事前，我对窑洞生活是懵懵无知的，懂事后的这些记忆太多太深了，真可谓苦不堪言。

长长短短的黄土坡，弯弯曲曲的黄土坡，是窑洞人长年累月必走的路，上上下下，深深浅浅，总是没有尽头。在我们村子，有十几家合用一个坡的，也有一两家共用一个坡的，只有那些独庄独户一家用一个坡；而且大坡连着小坡，坡上绕着很多弯，斜度大的坡为了防滑，还挖着一串坑坑洼洼的土台阶。明庄子的坡敞开着，雨雪天气脚下很滑；暗庄子的坡从一孔洞穴通过，下雨下雪时情况就会好一点。一条黄土斜坡，对于肢体健全的人都如此艰难，而对于身体残疾的人来说就如登天梯了。小脚母亲上坡下坡时那颤巍巍、艰难而酸楚的情景，经常像放电影一样闪现在我的脑海里，一辈子都忘不了。

住在窑洞里最快乐的事是过大年。进入腊月，全家一起把几个窑洞和院内院外打扫干净，我就用旧报纸给每一孔窑洞糊顶棚，烟熏火燎的窑洞墙面经过一层报纸覆盖，漆黑的窑洞马上就亮堂了许多。除夕之前，我还会贴门画、对联和窗花。而且，我还会给窑洞的麦囤贴上"年年有余"，给箱子、柜子贴上"招财进宝"，给灶头贴上"山珍海味"，给炕墙贴上"身卧福地"。这些红红的春联儿，寄托着窑洞人对未来光景的无限憧憬。

乐观，让窑洞的里里外外红火了起来、精神了起来，并使人产生一种从未有过的幸福感。

·摘自《读者》（乡土人文版）2014年第3期·

油纸伞：四百年来川南的烟雨和晴天

余茂智

四川泸州分水岭一地，自古就有生产油纸伞的传统。

在这个春天阳光翻过瓦楞的一个早上，油纸伞的第六代传人、现年五十二岁的毕六富，一如他的祖辈一样，已经在他家有天井的老宅堂屋里忙碌好一阵子了。只见他灵巧而快速地将一张张拓印有花纹的纸片粘贴在伞架上，不一会儿，一把红纸伞就颇具雏形了。然后他将纸伞对着初阳仔细地检查起来，我这才发现，刚才还不可辨别的那些凌乱纸片上的图纹，现在居然就这样神奇地组合成了一幅"双凤朝阳"的吉瑞图案。阳光透过圆盘似的红纸伞面，状如一团燃烧的红云；而红云里展翅的双凤，细细观赏，妙趣横生，仿佛要迎日飞腾而去。

当然，"自古"是个虚拟。据毕六富说，算起来，川南分水岭一地生产油纸伞的历史已有四百年之久。不禁会想，四百年以来，该有多少人头顶着这川南的祥瑞图案，走过他们人生的风雨岁月和朗朗晴天。

关于伞的发明，据古书记载，说是算在黄帝时期的有簦氏头上的。"黄帝与蚩尤战于涿鹿之野，常有五色云气，金枝玉叶，止于帝上"，于是黄帝便命有簦氏依照云气那种金枝玉叶的形态，"因而作华盖"。不能收拢、折叠的华盖其实就是伞的雏形，但它最古老的名字因有簦氏的发明而叫做"簦"；之后到春秋时期，鲁班之妻云氏对华盖进行改良，"劈竹为条，蒙以兽皮，收拢如棍，张开如盖"。说起来，除了"蒙以兽皮"之外，那时的伞与今天的伞也没有太大差别。当然，油纸伞实际出现的时间是在造纸术发明后，但其最初出现的时间已不可考，不过根据史料可以明确的是，因为造纸术的不断改良和发展，实用而方便的油纸伞直至明朝时期，才真正开始加入了普通百姓遮阳避雨工具的行列。

由于川南泸州地处古盐道、茶马古道交通枢纽之地，所以在明朝油纸伞刚刚在民间普及之时，泸州一地的制伞业就有了相当规模，名声十分响亮。据《泸县志》记载，其时"泸制纸伞，颇为有名，城厢业此者二十余家"。而其中又以"分水岭所制为佳"。但"为佳"的油纸伞并不能代代相传，到今天，四百年前的那些油纸伞早不见了踪迹，留下的是一代代制伞大师响亮的名号，比如民国时期的许桐生。我到分水岭乡访问的时候，说起当地制伞的往事，上些年纪的老人都不约而同地谈道："还是许桐生做的伞好。当年姑娘出嫁，都会撑一把'许桐生老伞铺'的伞；好些讲究的人家，还把他制作的伞撑起来挂在家里，作为装饰品呢！"

而毕家的伞在当地也是有口皆碑。不过，毕六富却说，其实他家制作油纸伞的手艺，是他祖爷毕祥禄师从许桐生先师自家开了作坊之后，一代代传承下来的。这个门号的油纸伞真正的开创人是祖师许绍楷，他是许桐生先师的父亲。所以算起来，作为这个门号油纸伞的传人，毕六富是第六代，不过从家里讲，他就是第四代。

毕六富在十岁多的时候就会油纸伞的制作了，原因很简单，因为即便在20世纪70年代的时候，分水岭的人家几乎也是"家家都有制伞匠，户户都会编伞线"，制伞甚至在当时都不能算做一门手艺，只是一门养家糊口的普通活计而已。年少的毕六富也就在这样的环境中，从父辈以及街坊邻居的活计中，耳濡目染，逐渐"看"会了手工油纸伞制作的种种繁复的手艺和工序。不过随着尼龙折叠伞的冲击,曾经"城厢业此者二十余家"的制伞作坊纷纷关门歇业,而"家家都有制伞匠"的那些手艺人也大多转行,毕六富也因此无可奈何地成了分水岭油纸伞的最后传人。

如今,在那座毕家过去的祖屋如今做了油纸伞生产作坊的老宅里,已经是一派忙碌景象。编制伞线的、车制伞托的、裁纸印花的、贴纸上油的,大家三三两两,在老宅的堂屋、侧厅、厢房、后屋分工而作。现在分水岭的油纸伞制作,承袭了制伞大师许桐生的传统技艺,所有工序和材质依然依照古法。甚至制作每一顶伞架的楠竹都出产于泸州纳溪一带的山区。那里的水土非常适合楠竹的生长,材质坚韧,用那里的楠竹做伞,才经久耐用。除此之外,伞托则须选用大山里多年生的岩桐木,表贴伞面的纸张则一直都是从贵州进的土法皮纸,而这一点,似乎就与《天工开物》所提到的"凡糊雨伞与油扇,皆用小皮纸"一脉相承了。

除了材质要精挑细选,分水岭油纸伞的制作工序更是繁复之极。从开料起到制作完毕,一把伞要经历号竹、做骨架、上伞面、绘花、上油等几个大流程的上百道工序,使用上百种工具,没有半月的工夫是完不成的。就拿制作伞架来说,就有齐头、刮青、划扦、上削刀、上槽、检墨、钻眼、穿纤等八道工序,每道工序都不能马虎。而在所有工序中,涂抹桐油最讲经验,从入手上油到收手抹油,无论伞顶、伞中、伞橡,桐油的厚薄要一样。多一分伞面不亮,呈麻点;少一分则不耐用,皮纸的伞面甚至还会破损。也正是基于这些祖传下来的产品质检标准和从业者在长期实践中掌握的经验,无论是过去还是现在,分水岭油纸伞都是"反复撑收三千次不损坏,清水浸泡二十四小时不脱骨,伞顶五级风中行走不变形"——这就是分水岭油纸伞名号之所以长久响亮的一个原因。而毕家祖传下来称为"满穿伞"的绝技——用五色丝线穿渡两千多针、竹跳开关、一片双挡,更是一望而气度非凡,精美绝伦,堪称伞中绝活。

但令人所料未及的是,制作油纸伞居然也是一门靠天吃饭的行当:太阳大了不行,阴雨绵绵也不行。因为气候因素会影响伞骨的成型和纸面的平整,如果伞骨弯曲了或伞面起壳起皱了,那所有的功夫就白做了。所以,每造一批伞,毕六富的心都会揪起来,每天收看天气预报也就成了他雷打不动的一个习惯。

但关于伞,除了我们习以为常将它作为遮阳避雨的工具外,在民间,伞文化的丰富度也是大大超出了我们的想象。

在中国汉字中,"纸"与"子"谐音,有"早生贵子"之意;"伞"字包含五个"人"字,寓意"多子多孙""五子登科";伞骨为竹,寓意节节高升;伞形为圆,寓意美满、团圆。所以,包括油纸伞生产地四川泸州在内的很多地方,油纸伞至今也是一件不可或缺的陪嫁妆奁。而在民间,红色油纸伞也一直被人们视为喜庆吉祥之物。因此在不少地方,人们依然有在做寿、结婚、生子、乔迁、高升时送红色油纸伞的习俗。

基于以上种种原因,在毕家的油纸伞作坊里也就有了不同色彩和不同图案的伞——婚聘的油纸伞图案是"龙凤呈祥""牛郎织女""天仙配"等,恭贺孩子新生的是"二龙抢宝""宝莲灯""喜鹊闹梅""仙女散花"等,生日馈赠的则是"百鸟朝凤""不老松""八仙过海""彭祖老仙"等等,不一而足。

但这些精美、喜庆、民俗的图案,却是出自一台有着两百年历史的石印机。在毕六富的带领下,我最终在老宅唯一一间有窗户的屋子里看见了那台古老的机器,说是机器,其实就是一块大理石版。见我一脸懵懂的样子,毕六富让一个老师傅为我演示起来,只见老师傅把一张画有图案的文稿平铺在石版上，上面涂上脂肪性的药墨，使原稿在石版上显印出来，然后涂上一种酸性胶液开始印刷。因酸化的石材受水拒墨而无色，未酸化的部分拒水着墨而显色，这样图案就按原样印在了扇面的皮纸上了。

毕六富说，过去他怕别人看见他还在用这样古老落后的机器生产，现在，油纸伞制作工艺作为国家级非物质文化遗产的一个项目，每次有客人来，他让人首先参观的就是这台石印机。"它太老了，可能是中国还在使用的最后一台石印机了。"站在被岁月磨得无比光滑的石印机前，毕六富满脸自豪。

·摘自《读者》（乡土人文版）2009年第12期·

灶花：崇明乡间的艺术奇葩

柴焘熊　宋玉琴

1300多年前，最初来崇明岛定居的人，大多是谋生的渔民、樵夫、上岛躲避战乱的平民百姓和因吃官司而被流放来岛的囚徒犯人。八方杂处的居民，为崇明岛带来了各自原住地的名目繁多的民间艺术。相对隔绝的地理环境也孕育了迥异于大陆的民间艺术，崇明灶画便是其中的一个品种。这种绘制于灶头和灶裙等处的图画，个性非常鲜明，描绘方法独特，被人们称之为"养在深闺人未识"的乡间艺术奇葩。

在崇明，灶画又叫"灶花"。由于灶画是民间草根艺术，它的绘制者又都是民间的泥工瓦匠，因此现有的各种版本的《崇明县志》和其他有关典籍，均未见到过对灶画的记载与描述，倒是在我们下乡采风的过程中，从所搜集到的民间传说中，可让人对灶画的起源窥见一二。

灶画传说之一：最早上崇明沙洲定居的群众，大都以打鱼和砍芦苇为生。江风海涛的侵袭，使他们的生活条件十分艰苦。他们住的都是一种用芦苇搭建起来的"滚地龙"或"环洞舍"，喝的是苦咸的东海水，做饭用的是地上掘洞架锅的泥土灶。崇明真正意义上的"灶"，是在宋朝嘉定年间设置天赐盐场时才出现的。那时候，朝廷把大批囚徒押送到崇明沙洲上，令他们煮海烧盐。盐工的劳动强度大，烧盐生产的重要季节又都在三伏天和三九天。他们既饱受夏日的酷暑，浑身大汗淋漓，又遭冬天的严寒,手足皲裂流血。煮海烧盐用的是滩涂上砍来的芦苇。繁重的劳动之余,有人就以烧盐时未燃尽的芦苇秆在盐灶上涂画自娱。日子一长,一些心灵手巧的人竟能勾画出各种图案来。灶民(煮海烧盐的盐工旧时称为"灶民")们便把这些灶头上的图画叫做"灶画"。当时的官话中,"画"与"花"同音,于是,灶画便被崇明人讹传成了"灶花"。

灶画传说之二:早先崇明下沙地区有一户人家,只有母子两个人相依为命。母亲靠替人家缝补浆洗衣裳为生,儿子则跟人学泥瓦匠活。因为家境贫困,一日三餐只能在屋内的泥土灶上烧烧煮煮。长年的烟熏火燎,把母亲的双眼熏得红肿流泪,做起针线活来十分不便。儿子见状,便在学徒满师后,为母亲拆了泥土灶,打造了一个砖块垒筑的灶头,以解烟熏之苦。这天灶头打造好了,一烧既不倒烟,又不回火,更是省柴。母亲见了心里虽然高兴,却又感无奈。因为她知道自己的家庭状况,灶头砌得再好,也无大鱼大肉可做,只能煮煮粗茶淡饭。儿子看出了母亲的心思,便动开了脑筋。只见他用烟煤调成颜料,拿起笔来在灶头上勾勾画画。不一会儿,灶头上便出现了肥大的鲤鱼、啼鸣的公鸡、高高的粮囤。当母亲问儿子画这些东西有什么用处时,儿子答道:"穷苦人家灶头上烧的只是野菜粗粮,我们就以画画来打打牙祭。"这样,崇明民间便有了"画画牙祭"的说法,灶上画花亦由此流行开来。

据史书记载,崇明沙洲上的盐场始建于南宋嘉定年间。从民间传说中,我们可推断出灶画的历史约有800年。

灶画在艺术表现手法上,旧时以黑线条勾勒为主。在粉刷得雪白的灶壁上,用黑色作画,黑白分明,效果明显,对比强烈。在画的四周,民间工匠还配以黑色的裙边。这样一来,灶画更显得富有立体感。为什么旧时的灶画都以黑线条勾勒为主呢?究其原因,和作画颜料的短缺有关。旧时崇明岛受三面环江一面临海之苦，交通极不便利。岛上一般的日常用品全靠船运，常有短缺，更不用说用于作画的各种颜料了。于是，聪明的工匠们便就地取材，烧过饭菜的铁锅外面常常会产生一层薄薄的深黑色的灰粉（崇明人称其为"镬锈"），把它用刀刮下来，拿崇明老白酒调成黑色液体后作画，色泽鲜亮。

新中国成立以后，有的泥匠为了追求艺术效果，开始摒弃单纯的黑色线条勾勒法，采用彩色作画，但所用的颜料并非购来的广告颜料，仍是就地取材。如红色用砖块蘸水研磨成，绿色用草头挤汁而成，蓝色用蓼蓝发酵而成。

灶画和壁画、墙画一样，绘制的载体都为粉饰后的墙面，但是，它用的却是一种类似于欧洲文艺复兴以前西方画家常画的画种——湿壁画。湿壁画又叫"鲜画"，是刷底壁画。作画者在壁上的泥灰土尚潮湿之时即开始作画，日后，壁上泥灰土中的水分渐渐蒸发直至干透，而上面的画却经久不坏。灶画亦如此，灶头砌成后，其灶上所粉的石灰还未干燥，工匠即在上面作画，以后随着灶的烘烤和自然挥发，灶头渐干，上面的画作能历经几十载而不变其形。

绘制灶画的工匠并非专业的画师，而是泥匠中的高手。他们都是无师自通者，凭着对美好生活的向往和追求，对客观事物的领悟和理解，以及对他人作品的反复观察，牢牢地记下山川景致、花鸟草木、人类生活的形态与本质，作画时用自己的记忆去构思谋篇。他们绘制时既不打任何草图，又不做任何修改，落笔为准，一气呵成，十分难得。其艺术手法多采用勾、描、捻、扫、垫等。

张老虎是20世纪五六十年代崇明中部新河、竖新、大新交界地的一个画灶画的高手。据称他擅画独角麒麟，其作品使农家的灶舍内充满祥瑞之气，很受当地群众的欢迎。

在崇明东部地区的陈家镇，高阿邦也可算是一个灶画绘制的能手。年近花甲的他，画牡丹尤见功力，笔法老到，线条流畅，技法娴熟，能在短短的一个小时内，画出一幅幅或绽蕾怒放、或枝头摇曳、或盆中展瓣的花卉作品。尽管他的画都以黑线勾勒，但看后无不让人觉得所绘花卉风姿绰约，光彩夺目，充满了春光灿烂，洋溢着富贵之气。难怪在崇明近3年举办的灶画绘制大赛上，高阿邦的作品每次总是名列前茅。

在崇明目前尚能绘制灶画的泥匠中，施凤高大概是年龄最高的一位了。

现年93岁的他，从13岁开始跟人学习泥瓦匠手艺。乡间请泥匠垒架灶头，以烧起火来是否旺、不倒烟和灶头上的灶画画得是否好看为标准。施凤高的垒灶技术正符合百姓的要求。几十年来，他在崇明的新河、新民和大同一带有着不错的口碑。

正是在一个个像张老虎、高阿邦和施凤高等民间工匠的不懈耕耘下，崇明灶花才能在民间美术的园地里开得艳丽夺目。

改革开放以来，崇明农村和别处一样，早已发生了翻天覆地的变化。灶头这一农家天天与之打交道的"老朋友"，已淡出了日常生活领域。尽管崇明的群众对灶画情有独钟，给它起了一个和别处"灶头画""灶壁画""灶画"完全不同且极富诗意的名称"灶花"，但随着液化气的普及，它在崇明农村也成了一个尘封的美丽。年青的一代提起灶画，更有恍若隔世的感觉。

近年来，国家对于非物质文化遗产日益重视，崇明灶画这一乡间艺术奇葩又重新进入人们的视野。

从2005年起，崇明县更是加大了对灶画的抢救与保护力度。县文广局、县旅游局、县农委和向化镇人民政府，每年都联合举办"崇明县灶花艺术节"，组织各乡镇的灶画绘制能手现场进行比赛，并在向化镇的南江村建起了灶花长廊，设立灶花艺术展示馆，向广大群众尤其是市区远道而来的群众展现各类题材、各种风格的崇明灶画作品。《中国文化报》《文艺报》《解放日报》《文汇报》《新民晚报》等报刊以及上海电视台等对崇明灶花均做过大量的宣传和报道，使这一已被尘封多年的乡间艺术重新露出了靓丽的面容，受到越来越多的人的青睐。

2007年，崇明灶花又被列入《上海市首批非物质文化遗产名录》。相信在市、县有关部门的重视下，在众多人士的关注下，在崇明民间文化工作者的努力下，崇明灶花——这一民间草根艺术，将放射出更加绮丽夺目的光彩。

·摘自《读者》（乡土人文版）2009年第3期·

毡 匠

羊 羽

在农闲时节的故乡，每到半夜鸡叫，村头庄尾便会走出这样一些乡亲们：他们扛着丈许长的沉甸甸的木弓和卷帘，背着装满干粮的褡裢，三五成群地聚起来，然后披星戴月地赶往公路上搭乘班车。他们是要靠一份特殊的技艺去谋生挣钱的。他们，就是毡匠。

要说毡匠，当然先得说毡。

相信大多数北方农村的人对毡并不陌生。这种用羊毛或牛毛制成的铺垫之物，保温而且隔潮，很适合土炕上铺用，因此颇受青睐。冬日里，热炕上铺条半寸厚的羊毛毡，人躺在上面，浑身有说不出的舒服。关于毡的来历，我听到过一个传说：当年汉苏武出使匈奴，被扣留在北海牧羊。天寒地冻之中，苏武睡觉时便拔羊毛取暖。有段日子，他被冻成重伤，血水将身底的羊毛粘在一起，晾干后竟发觉这片饼状的羊毛特别暖和……据说这就是最初的毡，血泪斑斑的，我不敢肯定其真假。但是，凡熟悉毡者，谁会否认它的好处呢！

而毡匠，就是那些擀毡的匠人。既然称得上匠人，说明毡活也不是简单事，"擀"字里面确实藏着门道。父亲曾是个毡匠，我也尝试过几回这营生，所以对毡是怎样"擀"成的颇为了解。那真是一种苦尽甘来的结果啊!

通常，毡匠要备有几样必需的家当——弹羊毛用的弓（用碗口粗的佳木制成，长约丈许，绷着精心特制的牛筋弦）和拨子（拨弦用具，铁质）；打羊毛用的铁枷；抖羊毛用的竹挑子；铺羊毛用的竹帘子（丈许长，铺好羊毛洒上热水后，卷起来滚几滚就有了毡的雏形）等。除此，一个称职的毡匠绝对要身强力壮，因为擀毡虽然讲究技艺，但很大程度上是靠力气吃饭。故乡流传着"手大抓钱，脚大擀毡"的俗谚，没有一双结实的大脚板是无法摆弄出一条毡来的。

看看这样几个镜头吧：屋梁上悬挂起弓来，肘腕里套上拨子，然后不停地往弓弦上撒羊毛，不停地侧身扭腕地弹来拨去。羊毛里的尘土和臊臭味扑腾而出，难闻且难受。而弹羊毛是慢工夫，你得有毅力和耐心，任汗流浃背，任满面灰尘，任腰酸胳膊疼，你还要"嘣噔嘣噔"地弹下去；铺出毡的大概模样后，便要"过水"，即用滚烫的热开水浇到毡毛上。一面浇水，一面赤着脚在毡上又拉又蹬。如果你突然被烫得惊跳起来，或嘶喊起来，那你一定是不入门的。作为毡匠，手脚上总有着厚厚的老茧，那就是磨出的，是热水浸出的。擀毡的一道工序很重要，叫做"蹂毡"。两三个人并排坐在板凳上，人手一条绳子，绳子上是卷成筒状的毛毡坯子，毛毡坯子上搁着这两三个人的两三双脚。随着有节奏的号子或喘息，他们同时提起或放下绳子，几双赤脚不停地蹂着毡，正如擀面时的动作。"擀毡"的叫法或许就因此得来的吧。

毡匠也不容易啊！吃苦受累且罢，还要施展做好毡的本领，那样才能受欢迎受尊重，工钱自然也会更多些。一条赢人的毡既要四方四正、薄厚均匀，而且要毛丝紧密、结实耐牢。成品后显得柔韧绵和，舒展大方，或白得雪亮，或黑得深沉，有些还别出心裁制出多种花纹来，更显得匠心独运，技高一筹。实际上，擀毡时很能见毡匠的功力，有的人小心翼翼仍会将毡擀出破洞来，废料废工夫，也因此讨不到报酬，甚至可能要向人家赔偿。所以，技艺不精往往被毡匠当成极大的耻辱。

　　故乡的毡匠绝大部分是业余的，迫于生计，他们总要搞这项副业以补贴家用。春种秋收的前后，是他们纷纷外出擀毡谋生的时节，而家里农忙的时候又都匆匆赶回来，在外也就一两个月。因此，乡亲们形象地称之为"找一茬活路"。也有少数毡匠长年在远方擀毡。根据气候或地域或其他，毡匠外出的目的地便各不相同，有时去离家不远的固原或定西，有时去较远的兰州或临夏，更多时候则去青海、新疆、内蒙古等地。牧区牛羊成群，用毡量大，工钱较高，故乡的毡匠便乐意往那里跑。以前，毡匠每趟也挣不了多少钱，回家时给孩子带些晒干的白馒头，就会让孩子欢呼雀跃；近几年，毡匠的收入也水涨船高，一个月赚千把块钱已很平常，于是便将彩电什么的搬回了家。和村里吃救济的人相比，毡匠毫不心虚，他们会拍着胸脯说："你有的我也有！"

　　然而，毡匠终于醒悟过来了，醒悟过来的他们很有些难为情和不甘心。不是为自己，而是为后代。在故乡那个山沟里，最早擀毡的人是谁已无法考证。但据父亲说，他爷爷的爷爷就曾经是个毡匠，直传到父亲这辈。记得在十年前的时候，我们村里几乎家家有毡匠，"上阵父子兵"的现象司空见惯，一家子组成团队外出擀毡的事不胜枚举。那时有句自谑的话是："娃娃还没生，准备个羊毛弓。"众多乡亲曾把擀毡预定为孩子日后谋生的手段，对其能否读书成大器很少有盼头。我的同龄伙伴中的许多人便接过了父辈的弓、帘，成了新一代的擀毡匠人。毡匠也是匠人，也在自食其力，按说没什么可惭愧的。但是当他们朦胧地意识到文化与商品的特殊功能时，当他们迫切想着脱贫致富时，他们或亲手舍弃了祖传的技艺，另谋生路；或寄厚望予子女，不再把擀毡当做代代相传的本领……

于是，故乡的毡匠开始给孩子讲自己的故事，而且专挑故事里充满辛酸的部分来讲。譬如，寒冬腊月天在外面找不到活儿干，连续十天半月讨饭吃，在荒野的破窑里过夜；大热天里东奔西跑却没水喝，把嘴渴成了干羊皮；弹羊毛总是弄伤手和胳膊，而热开水几乎能把双脚烫熟……当然这都不假。要说毡匠也有毡匠的快乐，只要支起案摊，就会受到东家的尊敬，有烟抽，有茶喝，时不时还品上几杯烈酒，吃的饭也是待客的饭。这些礼遇，大概是城里的民工很难如愿的美事吧！还有，他们四方游走，山川风物也见识了不少，在忙于采风的旅游者看来，他们都成传奇英雄了。

不管怎么说，毡匠粗糙的手脚和满脸的沧桑，吓退了他们的追随者。故乡的毡匠越来越少了，像我们村里，操此旧业的如今只有寥寥数人。青壮年大都经营着商业摊点，少年郎把狠劲都用在了读书上。只有那些最为执著的同时也是最为无奈的毡匠，仍在延续着被羊毛温暖的梦。

现在，听说已有了制毡的工厂，机器让毡带上了时髦的色彩；现在，各种质地的毯子不断涌进人们的家里。但是，手工擀制的毡永远都惬人心意，它的每一根毛，都散发着普通劳动者内在的热量。

只有毡，才最能评说毡匠。

·摘自《读者》(乡土人文版) 2003 年第 7 期·

重现老北京舌尖上的风雅

张小英

花样繁多的点心,是老北京人饭后茶间的舌尖风雅。曾经,这些点心,多由人工雕刻的模具翻制而成。随着大量糕点走上流水线、模具制作进入机器化时代,手工雕刻的模具在北京几近绝迹。年过花甲的孙宝德,是目前全市唯一糕点模具木刻手艺传承人。他17岁随父学艺,不曾放下手中的刻刀,独守这门手艺将近48年。

700把刻刀,刻出2000多个模具

大雪初霁,京郊顺义,村落间一片静谧。高丽营镇闫家营村的一处农家小院里,传来叮叮当当的敲打声,此起彼伏,接连不断。

记者循声推开朱红大门,走进院南侧一间小屋,只见孙宝德正坐在工作台前,左手一把刻刀,右手一柄木槌,俯首凿刻一方木料。工作台上,摆放着大大小小的刻刀,周围散落一地木屑。

"从早上五六点到晚上八九点,除了吃饭时间,几乎都坐在工作台前。最忙的时候,三天两宿没合眼。"孙宝德仰头,长叹一口气:"虽然没有人拿着鞭子催赶我,但得抓紧时间给子孙后代留点东西。"

孙宝德是非物质文化遗产孙氏糕点模具木刻手艺的第五代传人。这门手艺,从清朝太爷爷的岳父那一辈开始,已经延续200多年了。祖师

孙万祥曾是慈禧 66 岁寿筵 "团圆饼" 的模具雕刻师，当年制作的百福百寿饼模子，至今仍收藏在故宫博物院里。

孙宝德从 17 岁开始，跟随父亲学艺，便多年如一日与木头、刻刀相伴。他做模具的刻刀总共有 700 多把，精雕细刻出了 2000 多个模具花样。

这些模具中，有"稻香村""宫颐府"等老字号，有第十一届亚运会的会徽图案，也有北京饭店、国际饭店等五星级饭店字样，甚至还有日本、美国、韩国等外国客户慕名而来定制的图案。

每刻完一个模子，孙宝德都不留底，只用它扣出一个泥胎做纪念。积攒了 40 多年的"泥点心"，占据了他工作室满满两面墙，也凝聚了他一生的心血。

手工模具，翻出来的点心更有人情味

老北京人吃点心讲究时节应景。春天的玫瑰饼、藤萝饼，清明节时的五毒饼，中秋节的月饼，重阳节时的花糕，过节随礼的"京八件"、十二生肖饼、状元饼等等，千姿百态。

孙宝德对这些点心的花样，如数家珍。在他看来，只有从立意到选料、从刻刀到技法，都十分考究的点心模具，才能与这种生活乐趣，相得益彰。

"刻模子，头一样重要的就是选料。"孙宝德介绍，模具在制作点心过程中要经得起敲打和潮湿，所以对木料的选择和挑剔是必不可少的。

孙氏糕点模具，选用上好的杜梨木。这种木料，木质细腻无华，横竖纹理匀称，不易走形，因此适于雕刻。

选完料，是定型、开料、画底稿。孙宝德没有学过美术，也没有任何绘画的基础。每次雕花前，他给模子画底稿，仅仅只是寥寥几笔、画一个大概的轮廓，但只要拿起刻刀，图样就都在他心里装着了，而且刀

刀精准。

常年手握刻刀，孙宝德的手上已布满老茧。他举起右手说，"当学徒时，不小心把刻刀捅进了手掌里。父亲送我到诊所时说，老祖宗留下的手艺丁点儿不能差，必须沉得住气。"如今，那把刺穿手掌的刻刀已不常用，但孙宝德把它放在最显眼的地方，时刻提醒自己。

孙氏糕点模具属浮雕阴刻技法。"阴刻不像阳刻，是往下面刻，刻刀挖下去后，很难知道翻出来是什么效果。"孙宝德一边嘴上说着，一边拿起家伙演示，"刻字是最考验功夫的，要一层层往下刻，每一刀下去都要让笔画之间接得上；雕刻人物时，眼神很关键，八仙过海，吕洞宾必须得拿宝剑、眼睛必须得瞪着……"

刮、刨、凿、切、剔、刻，在一刀刀精准无误的雕刻下，孙宝德手中的刀锋如画笔般灵动流畅。对他而言，刻制一个普通的点心模子，要花上两到三天的时间；高档和精细的雕刻，则需要一个月乃至数月之久。

尽管费时费工，但他仍然坚信，与工业模具比较起来，手工刻出来的更流畅、更有人情味。"爷爷临走时告诉我，要敬重这门手艺。你精心雕刻出来的是一个模具，翻出来的就是几千几百个点心。"孙宝德说。

走进校园，家传手艺别断了根

20世纪80年代，是孙氏模具雕刻最兴盛的时候，当时家族里有60多人从事这行。然而，再好的手艺也挡不住工业化的冲击。随着雕刻机的大量使用，手工雕刻模具被逐渐取代。如今，全北京只有孙宝德一人还在坚守着这门手艺。

经年累月的雕琢，孙宝德的近视度数猛涨了300度，颈椎病也日益严重。有一次，孙宝德颈椎病复发，突然昏迷。醒来后，孙宝德第一件事就是把儿子孙涛叫到病床前，他想让儿子像自己当年那样，子承父业。

但"80后"儿子，不愿像父亲一样，每天坐在工作间里，守着一块木头、几把刻刀，孤独地过日子。"时代变了，靠这些'老古董'，没法儿养活自己啊。"儿子一口回绝。

无奈之下，孙宝德开始广招徒弟，希望找到传承这门手艺的接班人。十里八乡，陆续有人找上门来，但结果并不理想。

"刀工需要悟性。也许要悟一年两年，也许十年八年，得耐得住寂寞。"孙宝德说，坐不住的人走了；能坐住的人，没学两天，也走了，因为整天和木头、刻刀打交道，实在枯燥。

孙宝德变得忧心忡忡，担心代代相传的技艺断送在自己手上。最终，儿子看着日渐衰老的父亲，体会到为人之父的不易，于是决定随了父亲的愿——接过刻刀。

儿子虽然继承了手艺，但并不以此谋生。孙宝德非常理解，"这一行，既挣不了大钱，也出不了大名。时代也不一样了。"

但为了让这门家传手艺继续发扬光大，孙宝德决定把它带进校园。每周五第七节课，他站在高丽营中学的三尺讲台上，教初一、初二的孩子们学习雕刻模具，如今已是第五个年头。

孙宝德不仅教孩子们如何用刀、如何设计图案，还给他们讲老北京吃的文化、吃的艺术，广受孩子们喜爱。"学生不仅对我毕恭毕敬，课间休息的时候，还给我递糖果和零食。"孙宝德笑着说。

每当看着孩子们有模有样地雕刻出一件件作品，孙宝德都十分高兴，他相信，未来会有更多的人了解、传承这门手艺。

做豆腐的父亲

景丽梅

我的父亲是做豆腐的,人称"豆腐匠"。

在我们家,起得最早的永远是我的父亲。为了赶上人们早上做菜,为了有时间白天出去叫卖,做豆腐的父亲永远是半夜就起来,等到鸡开始叫时,他的工作已经接近尾声了;等到我们起来时,院子里已经飘满了豆腐的香味,一些买豆腐的人已经来光顾了。

人们看到的是又干又薄、金黄喷香的干豆腐,而从黄豆变成豆腐的复杂而辛劳的过程,是很少有人知道的,因为这一切都是在人们的梦乡中进行的。父亲的工作是寂寞的,陪伴他的永远是天上的星星、月亮和那头围着磨道转的忠实的毛驴。日出而作,日落而息,是人类正常的生物钟,梦乡中的被窝对人的诱惑不次于美酒佳肴。我偶尔几次有事需要早起,母亲叫了好几遍,我都不愿意起来,那热乎乎的火炕和温暖的被窝,好像一块巨大的磁石,实在是太有吸引力了。而我的父亲从二十几岁起,直到现在年近半百,每天都是半夜起床,其中的辛苦可想而知了。

能起早,对做豆腐的人来说是第一个考验。如果经受不住这个考验,就没有资格做豆腐匠了。除了起早之外,做豆腐这个活的单调、劳累也是一般人忍受不了的。做豆腐的第一道工序就是磨豆浆、煮豆浆、过包。之所以要把这三个活算一道工序,是因为这三项是同时进行的。一边是一盘石磨，一头毛驴在不停地围着磨道转，随着磨盘转动，乳白色的豆浆汩汩流出；另一边是一口用来熬豆浆的大锅，锅旁边有一口大缸，上边挂着由一个粗大的十字架吊起的用细纱布做的用来过滤出豆渣的豆腐包。这时父亲要同时照顾到三个方面，那边磨盘上的豆子少了要及时添上，磨盘下面盛豆浆的桶满了要及时提起来倒入锅中。这边还要看着那口大锅，没开时要加火，开了要及时撤火。掌握火候是很关键的。火小了，锅开得慢，浪费时间；火大了，就要糊锅，这样会影响干豆腐的味道。熬好了的豆浆要一瓢一瓢地舀到豆腐包上过包。豆浆滤到大缸里，渣滓多了，就要用沉重的豆腐夹子用力夹，以便把浆汁滤尽，再把渣滓舀出来留作喂猪的饲料。这时的父亲像娴熟的架子鼓的鼓手一样，锣、鼓、镲一起来，添黄豆、提浆子、熬浆子、舀浆子、过浆子、倒渣滓，演奏着一出热闹的"豆腐交响曲"。这段交响曲要持续一个多小时，一曲终了，父亲已经是筋疲力尽、腰酸背痛了。然后是往豆浆里点卤水，把豆浆变成豆腐脑。这是个技术活，不用什么体力，父亲可以借此喘息一下。然后还要干很多烦琐的活，才能做出豆腐来。做豆腐的艰难还不止于此，豆腐坊环境的恶劣，是一般人难以想象的。无论冬夏，豆腐坊里那口熬豆浆的大锅冒出的滚滚蒸汽，把不大的豆腐坊变成了桑拿浴室。父亲就天天在那里洗桑拿，汗水和蒸汽水混到一起，衣服上都可以拧出水来。夏天还是好的，尽管夏天的闷热潮湿让一般人受不了，但也就是热，就是大汗淋漓罢了，湿透了的单衣换起来也很容易。到了冬天，就更遭罪了。黑龙江的冬天滴水成冰，人们要穿上厚厚的棉衣棉裤。但干起活来身上会出不少的汗，再加上豆腐坊里的滚滚热气，父亲的棉衣很快就湿透了。

然而等煮完豆浆过完包，屋里就会突然冷下来，再时而出去干点啥，衣服很快就会冻成一个壳。这时只有身体的热量去把冰融化，父亲就像穿了一身冰冻的盔甲。可想而知,那是什么样的感觉啊!尽管父亲的工作都是在半夜三更完成的,多数在我的梦乡里,但天长日久,我总有机会看到父亲劳作的情景。父亲在豆腐坊忙碌的身影,至今还时时在我脑海中浮现,其中最难忘记的就是父亲穿着冰冻的"盔甲"走路的情景。那是严冬的一天,我感冒了,由于白天睡多了,晚上睡了一会儿就醒了,于是我好奇地想出去看看父亲做豆腐。

刚一出门,一股刺骨的寒风袭来,我打了一个冷战。我刚刚走到豆腐坊门口,就看见父亲出来干什么,走路的样子很特别,胳膊和腿都很僵硬,走路时还"刷刷"地响。我赶紧上前去摸父亲的衣服,才知道外面结了一层冰,里面都是湿的。我说:"这衣服这么湿,外面都结冰了,多凉啊!还不赶紧换一件?"父亲笑了笑说:"天天这样,哪能换得过来啊!再说也没有时间换,这里离不开人。这样习惯了,也就不觉得凉了。"他催促我:"你来干啥?天这么冷,快回屋里去吧。"我穿着厚厚的羽绒服还冷得打寒战,父亲穿着湿透了、外面还结着冰的衣服是怎么样的感觉呢?!我不知不觉地流出了眼泪。

这样单调而艰苦的活计,一天一天,一月一月,一年一年,周而复始,父亲就这样从刚结婚时二十几岁的英俊青年坚持到现在年近半百,把几十年的美好岁月都交给了磨豆腐。当然,豆腐也给了他丰厚的回报,其中最重要的就是他的已经成长起来的女儿。父亲钟爱着他的豆腐,更爱他的女儿。看到女儿一天天长大,特别是考上大学时,父亲的喜悦是难以言表的。

我爱豆腐,更敬爱我的父亲。我不能像他那样做出美味的豆腐,但我要像他那样执著、坚韧。

·摘自《读者》(乡土人文版)2013年第2期·

东北的"老窗户纸"

志 宇

东北有名的"三大怪"中,有一句"窗户纸糊在外"。这"糊在外"的窗户纸,可同其他地方的窗户纸不一样。当年,这种东北的"老窗户纸",曾作为贡品进贡朝廷,故宫紫禁城的房舍窗子也要用这种老窗户纸来糊。

俗话说:"窗户纸一捅就破。"而东北的老窗户纸,却是轻易捅不破的。《扈从东巡附录》中载,这种纸"坚如革"。这种坚如革的纸,叫"麻布纸",是将麻皮扒下,浸泡一定的时间后,再与芦苇、蒲草棒、线麻、绳头子一起统统剁碎,然后用碾子压。这种碾子要立起来使,碾盘是深深的槽,对原料进行强力挤压。头一遍要碾压半天,然后撒上生石灰开洗,洗去灰垢后再压成坨。最壮观的是蒸麻,伙计们把一坨坨的麻坨子摞在蒸锅里,一层又一层,足有上百斤重。锅台周围,是一个个手操杠子的力工,嘴里喊着"嘿哟!嘿哟!"的号子,一层一层、一摞一摞地使劲用杠子压水,使坨内的水分外溢,以便开锅时不透气、跑气。蒸到什么时候算好,全凭师傅的一句话,他是凭多年的经验,用鼻子闻一闻就知欠不欠火候。而其他人去闻,只能闻到一股子酸酸的甜甜的味道,像是酒坊的酒糟味。蒸完起锅后,再拿到碾子上去压,压好了再放进水池里去搅,搅成像豆腐脑一般的糊状物,然后是"打线",相当于打浆。打线的人手里拿个两尺半长、带个弯、头上有磨茬的小棍,固定一个线要打 3600 下。几十个打线的围在一起，挥动着打线棍，刷刷刷地打线，像是一场弹棉花大战，惹得前村后屯的大闺女小媳妇都跑来看热闹，让打线的小伙子越打越起劲，一点儿也不觉得累。经过打线后再沉浸泡一宿，第二天便开始捞纸。捞出后铺在帘子上，再一张张揭下，用"压马"压上，压好后再经过自然风干，这种"老窗户纸"就制作完成了。当年制作这种"老窗户纸"的工匠，是相当劳苦的，当时流传一句民谣："纸匠纸匠真够呛，寒冬难睡热乎炕。一年到头水里泡，到老啥病都得上。"老窗户纸做好了，但要真正糊上窗户，还得有一道工序，就是用胶勒上细麻线，再刷上桐油。这样既能防风，又能防水。东北的风是暴风雪，也叫砂雪，狂风卷起砂土雪块，礌石一般击打在窗户上，不加细麻线，一般的老窗户纸也抗不住这种摧毁力。而刷上桐油，一来可以防雨，二来可以起绷紧加固的作用，三来还可以隔绝屋内的潮气，防止从内潮蚀窗户纸。可以说，勒上细麻线再刷上桐油的老窗户纸，是极其柔韧结实的，如果有人想用手指头捅破它，恐怕没有点"一指禅"的武功是很难做到的。

　　现今有些影视剧中演到某某夜行者潜入皇宫，用手指在舌头上蘸点唾沫，将窗户纸轻轻一捅就破一个窟窿，这样的情景，在当时的生活中应该是不存在的。试想，那样既防水又防风、坚韧如革的老窗户纸，岂能被些许唾液和一指轻点就能捅破？

·摘自《读者》（乡土人文版）2003年第5期·

非遗传人赵张永：菊文化的守望者

李成溪

寒冷来袭，草木变衰，唯有菊花晔然秀发，正是赏菊的好时候。普陀区宜川社区文化活动中心门口的菊花展，虽只展出 50 多个品种 100 来株形态各异的菊花，却不妨碍它吸引众多市民慕名前来赏花、拍照、咏菊、交流。原来，这些菊花内藏"门道"，它们的主人"不一般"：赵家花园菊花种植技艺第八代传人赵张永。他所代表的赵家花园菊花种植技艺更是在 2013 年入选了上海市第四批非物质文化遗产项目。菊展现场，一盆盆独本菊、多本菊花色艳丽、花型丰富，每一种都有自己或文艺或霸气的名字："墨荷""礼花""初婴""金钟震宇"……令参观者大开眼界。

几十年如一日呵护 100 余种菊花"娃"

"今年种得不好"，一见面，赵老便时不时谦虚地重复这句话。"今年雨水多，菊花整体都不太健康，你看，叶子都比往年小了一圈。"说到这，赵老还拿出手机，翻出了往年的照片，"你看，这叶子多健康，又绿又大"。用赵老的话说，这叫"靠天吃饭"。"靠天吃饭"最怕坏天气，特别是刮风下雨的台风天。以往，赵老四处租地种菊，后来，街道为了不让这门手艺逐渐失传，特意在活动中心 5 楼开辟出一块"屋顶花园"，作为赵家花园菊花种植技艺交流的展示区。

菊花娇贵，不耐涝，赵老不忍心这些品种菊被雨水浸泡，就在屋顶用木条搭建了一个雨棚，但是，街道担心台风天会刮坏雨棚砸伤居民，引发安全事故，每当台风来临，只能让赵老拆掉雨棚顶上的塑料薄膜。这样一来，安全有了保障，菊花却有了"危险"。不得已，街道和赵老一道将菊花一盆一盆搬进室内，待台风天过后再搬出屋外。"搬到室内，不通风，菊花长得就不行。"赵老一边修剪枝芽，一边讲述。今年恰逢第十三届中国菊花展览会花落上海，赵老作为赵家花园菊花技艺传承人，培育的盆栽品种菊多次在各类比赛中获过奖，组委会便邀请赵老携带自己得意的作品参加展览。但鉴于今年菊花长势都不太乐观，赵老婉言谢绝了这次难得的展示机会。"今年天公不作美，我对今年种的菊花都不是很满意，是我没照顾好它们啊！"赵老对于自己没能参加上家门口的菊花展览会，并没有表现出失落，而是深深地自责。

"种菊花，一年到头就没有闲下来的时候。"赵老告诉记者，菊花对环境要求很高，除了防涝，防暴晒、防虫害，防霉菌同样马虎不得。"种菊花跟养孩子一样，得耐着性子好好伺候，它才能开出好花。"每天下午，赵老都会准时出现在活动中心的屋顶花园，除了日常的浇水、修剪、翻盆之外，播种、育苗、扦插、疏蕾、留种等等养护也要抓紧在有限地时间内完成……赵老就这样几十年如一日，不厌其烦地细心呵护着100余种千姿百态、古老苍劲的优良品种菊。

一直以来，试种新品种也是赵老坚持在做的事情。"每年我都会去松江的苗圃寻找新品种，那边的苗都是从云南过来的，每年都不一样，得去'淘淘宝'。"赵老告诉记者，除了去苗圃"淘宝"，他也会在各类菊花展上，和嘉定、奉贤这些地方的种菊高手互相交换品种。"菊花可不会随着人的意愿生长，让它长到40厘米就长到40厘米，都需要一点一点地摸索，才能逐渐摸清习性，才能有针对性地培育。"正如赵老所说，摸准一个新品种的习性，就需要两三年的工夫，要养好一个品种，所需的时日就更长了。

传承八代如今后继乏人

赵老向记者坦言，赵家花园菊花种植技艺这门传承了八代的手艺，和许多老手艺一样，现在也不得不面临传承的困境。"种菊花太辛苦啦，种植难度是牡丹的3倍、月季的5倍，120天就要翻3次盆，如果要种多头，还需要隔年培养。除此之外，种菊花不如种兰花有经济效益，很多人都不愿意干。我的家人担心我身体吃不消还劝我别干了呢。"说到这，赵老不免有些"五味杂陈"。种植手艺的继承令人忧虑，缺少种植土地同样也是赵老这些年一直绕不过的坎儿。赵老说，在屋顶种菊花也就是"种着玩"，真正要种好菊花、把花大色正的好品种一代代传承下去，还得种在地里。

尽管困难重重，但老赵仍然尽自己所能让这门技艺能够传承下去。赵老说，一方面以"传帮带"的形式对一些具有花卉种植技术水平的人进行系统辅导；另一方面，则是对品种菊进行提纯复壮，用把名菊嫁接在蒿草上这种"奶妈寄养"的方式加速这些品种的繁育速度，这种方法的繁殖成活率可以达到90%以上。"我特别欢迎对种植菊花感兴趣的朋友们过来学习"，赵老告诉记者，自己很愿意同大家一起交流种植经验，把自己这么多年总结的经验传授出去。

待到重阳日，还来就菊花

当问及赵老最开心的事是什么的时候，赵老说，最开心莫过于自己种的菊花被大家认可。记者在现场注意到，无论是菊花展的现场还是赵老的"屋顶花园"，每一个参观的市民都会不约而同对赵老种植的菊花喷喷称赞，并且拿出手机、相机拍照留念，甚至还有参观者询问赵老"这花能卖给我吗？""赵老师菊花种得非常好，我年年都来的。"一位过来赏菊的市民如此评价赵老种植的菊花。赵老说："今年菊花整体都没有去年好，但每天还有这么多过往的市民前来捧场，这让我非常开心，我明年一定会继续种下去，争取种出几个精品回馈大家。"

　　作为花中"四君子"之一的菊，历来是文人墨客笔下的爱客。中国人对于菊花的热爱，从古至今，早已融进了骨血。晋陶渊明"采菊东篱下，悠然见南山"；三国时期的钟会概括了菊花"圆花高悬，准天极也；纯黄不杂，后土色也；早植晚登，君子德也；冒霜吐颖，象劲直也；流中轻体，神仙食也"这"五美"；黄巢一句"待到秋来九月八，我花开后百花杀"更是令人荡气回肠。古人对菊花的那份热爱，从这些诗词中可见一斑。赵老谈起这些，亦是如数家珍。先人给菊花注入了丰富的文化内涵，既高雅，又世俗，赵老每年坚持举办菊花展的目的，就是希望有越来越多的人特别是年轻一辈"偏爱菊"，享受秋日里"蟹肥菊美稻花香"带来的愉悦感和满足感，领略菊花清雅淡泊、不畏霜寒的风骨和气节。

　　"现在我身子不如以前了，还动过一次手术，在屋顶种菊花条件也有些受限，特别是大立菊，直径就能达到5米，屋顶根本没法种。但是不管怎么说，用心种，总归会好一点。"出生于花艺世家的赵老，自小就和菊花结下了不解之缘，现在，不管条件如何，环境怎样，赵老择一事终一生，心中只有一个念头：想尽一切办法种好品种菊，把百年以来在实践中不断总结的赵家花园菊花种植技艺传承好，让更多人了解菊文化。"用心种，总归会好一点"，更是道出了赵老对菊花永远不变的那份初心。

·摘自《老年博览》2020年第12B期·

北京绢人的软雕塑艺术

丹 丹

中国的民间工艺品不仅种类繁多,而且包含了极高的艺术价值,"北京绢人"就是其中之一。从历史记载和出土的实物来看,绢人已有千年的历史,但绢人前被冠以"北京"二字,即说明以铅丝做骨、棉花为肌、纱做皮肤的北京绢人,是北京特有的民间手工艺,是1955年由葛敬安等几位工艺美术家创造出来的。1964年,绢塑作品《海棠诗社》和《荷花舞》参加了法国巴黎国际博览会并大获成功,标志着北京绢人工艺从此走向成熟,并具有很高的艺术价值。

传神又具艺术价值北京绢人多数取材于古代的民间故事、神话传说或名著里的正面人物,人物形象多是表情温柔淡定、目光柔和谦逊、举止端庄大方,再搭配上符合人物所处时代和地位背景的考究的服装与配饰,因此说北京绢人集结着浓郁的中国文化。而绢人之所以会有如此魅力,却是来自于制作者对素材选取的研究工作。想做出真正传神又有价值的绢人作品,在动手制作之前就要对人物形象有整体而全面的考虑和设计,既要查阅大量史料,又要包含制作者本人的想法和创意,再加上精湛的手艺,才能使绢人作品真正传神又有艺术价值。

创作一个好的绢人作品并不容易,制作者需要有深厚的文化修养,要了解传统文化,没有深厚的文化底蕴也不可能做出好的绢人作品。而何谓好的绢人作品,就是"人物看起来非常生动,神情和举止都要真实传神,当然还不能有历史背景方面的错误,细化到人物的脸型、身材和服装的图案款式、各种配饰的运用等,都要符合人物所处的历史时期和环境"。

在尊重历史的前提下设计人物形象,用几寸绢纱赋予人物以气质和性格,让他们静中有动,鲜活飘逸,这也正是北京绢人作为手工艺品的迷人之处。

精巧设计的精湛手艺精致传神的北京绢人需要精巧的人物设计和精湛的手工技艺,二者缺一不可。

以翔实的历史资料为基础,对服装、配饰、道具都要进行相应精准的设计。北京绢人能在静中传递出动的概念,表情生动传神固然重要,但道具的运用也很关键。几乎每个绢人都会用到道具,或拿在手里,或在身旁陪衬,小到一枚戒指,大到一张桌子,每个道具的设计都形象逼真,比例得当,与人物结合在一起使整个画面生动自然。而想做到这一切,则需要制作者的精湛手艺了。

赋绢纱以生命,施丝绸以灵气制作绢人不但需要的原料和工具非常多,而且制作的过程也非常复杂,前后需要十几道工序,每道工序又由好几道小工序组成,而且要一个人独立完成,所以一个人需要掌握雕塑、绘画、染织、裁缝、金工、木工等多种工艺,而这些掌握起来非常不容易。

绢人制作从雕塑头模开始。绢人表情传神与否,这与头模雕塑是否成功有很大关系。头模雕塑完成后,在其上粘两层针织品和一层纱,纱要糊得平整干净才能用来"开脸"。所谓"开脸"就是在纱上画出人物的五官,之后将粘在石膏头模上的纱褪下来,绢人的脸就做好了。这也是绢人制作中最重要的一环。

绢人的形体制作相对来说简单一些。用金属丝做成人形骨架和四肢，棉花做肌肉，再裹上纱做皮肤。但整体仍要体现出人物的形体美，该苗条的地方苗条，该丰满的地方丰满，再穿上精心缝制的衣服，摆好姿势，最后将绢人钉在底板上，绢人作品也就完成了。

唇不动而若语，目不转而有情，北京绢人被誉为中国民间的"软雕塑艺术"，造型优美，生动传神，真实与艺术的完美结合使其成为中国民间艺术的瑰宝。

·摘自《读者》（乡土人文版）2008年第11期·

代州面花赋

张　俊

代州可以说是一方神奇的土地。

谁能想到，在这个历代的边陲重镇，在多少岁月里鼙鼓铁马、武将壮士厮杀建功之地，竟会蕴蓄着灿若繁星、姹紫嫣红的民间艺术之花！

其实，雁门雄关不仅屏障着千古中原门户，也汇聚交融了世代各民族的文明；兵燹频仍之中的芸芸众生更渴望和平安宁，幸福美满，吉祥如意！于是，民间艺术就成了寄托美好情思的绝佳载体，而这种大多诞生于锅头土炕、针线笸箩的女红"绝活儿"，就成了女人们辈辈习练传承、必不可少的本色技艺。

面花就是代州女人们手中盛开的一朵民间艺术奇葩。

和一团白面，抓一撮红豆或黑豆，准备一把剪刀、一把针锥和一把木梳，再破几根荛皮皮（高粱秆皮），盛半盏清水，原料和工具便一应俱全。

婶子大娘和姑嫂姐妹脱鞋上炕，盘腿挽袖，喜笑颜开，手头较劲儿；一块面团经她们灵巧的手一揉、一搓、一剪、一捏、一扎、一压、一粘。嗬！一个个活灵活现的"牲口儿"霎时就出现在你眼前。

什么天上飞的、地上长的、水里游的、家中养的，雀呀、燕呀、花呀、鱼呀、蟹呀、鸡呀、猪呀，就连一般见不到的狮子、老虎和世上没有的龙和凤,她们也是做什么像什么,做百八十个不重样!

更有那巧媳妇和俏闺女,变着法儿比花样,那花样有"武松打虎""麒麟送子""王祥抱鱼""猴子吃桃"……这些有说有道有典故的"人人马马"也照捏不误。捏起戏来更是一出一出的,有《打焦赞》《拾玉镯》《三娘教子》《白蛇传》……生、旦、净、丑是该威武的威武,该风流的风流,该俊俏的俊俏,该滑稽的滑稽。真是静有静相,动有动样,有神有采,有情有趣。

三分捏,七分画,捏得好画得好方算高手。

经她们一双双巧手似乎不经意的涂涂染染、点点画画,那五彩跳跃的兔、那鲜艳亮丽的鸡、那红绿相间的牛、那斑斓威猛的虎、那浓眉大眼的娃……那生命力的鲜活火爆,那大自然的生机瑰丽,都被她们随心所欲地挥洒勾画,表现得那么朝气蓬勃、淋漓尽致!

世世代代,年年岁岁,面塑之花寄托了代州人的情思与希冀,装点和充实着庄户人的生活。没有面塑,代州人的生活就会黯然失色。

寒食节捏"寒燕儿"源远流长,传说是为纪念晋国先贤介子推而起,至宋代已见文字记载:"用面塑枣锢飞燕,柳条串之,插于门楣,谓之'子推燕'。"沧海桑田,岁月悠悠,越千年风烟的古京都流行之俗,今天却在千里之外的代州依然传承盛行得如火如荼。只是淡漠了祭祀古贤的内涵,却充满了爱子的厚意。

每年的寒食节,天气乍暖还寒,乡村却异样红火。家家户户一铺铺、一摊摊,大人们忙活,小孩们欢跳,捏好的寒燕儿蒸熟画好,用刚绽嫩芽的柳条趁湿穿起。当奶奶姥姥的,做姑姑姨姨的,手提一串串、一蓬蓬寒燕花枝,走街串村"招摇过市",引得路人围观夸赞,着实是春风得意!

秋风初度农事闲,家家磨新麦,罗(筛)细面,选荚箭(高粱秆顶端之茎），尽心尽意捏娃娃。仰娃喜滋滋仰面向上，爬娃嫩生生撅个白胖屁股；让娃们识文断字手上拿本书握支笔，盼娃们健壮平安肩上爬只虎虎站个狮狮；小男孩贪吃再拿个桃桃瓜瓜，小女孩爱美再打扮些蝴蝶花花。大有大的模样，小有小的讲究，大人们喜不够，娃娃们爱不够。再捏一对儿"花鱼吉兔"，这也是送给孩子们的不可缺少的礼物，盼孩子们像鱼儿一样灵活欢跃，像兔儿一样机灵乖巧。此俗传说源于元末农民起义，面人是当时传递信息之物。而今却成了孩子们掰着指头盘算的节日时必得的吉祥爱物。

八月中秋，庄禾飘香。节日的前几天人们就忙活开了，上等的白面发好，打下的新枣蒸过；白生生的面搓成条压上纹，红丢丢的枣儿裹中间，捏成圆头尖尾孔雀羽状的小花瓣，在做好的圆形面底上由里往外逐层安放，攒成一个花瓣层叠、香气扑鼻的大花糕。不过，最后的完成还须打扮，留下的面团派上了用场：你家镶个花花飞个鸟雀，我家盘棵桂树爬只玉兔，他家飘个月宫嫦娥踩着云朵。实实是八仙过海各显其能，争奇斗艳各呈其巧了。

十五这天，当秋阳西坠月上东山之时，家家院中摆上桌子，大花糕居中，各色月饼、瓜果梨桃、玉米毛豆周围放好，再点两支蜡烛，燃几炷高香，女人娃娃们群群伙伙，走门串户，互相参观欣赏。待"月亮爷"尽情"享用"之后，家人围坐一处，品尝月饼瓜果。花糕除家人分享外，亲戚邻里间还要相互赠送，以沟通亲情增进感情。

过大年的隆重为一年之最，面花的花样那就更是多不胜数了。这时家家户户红红火火、热气蒸腾，一笼笼花样别致的"元宝馍"、色艳富态的"莲花贡"，既是祭祖的礼品，又是财源广进、吉祥如意的征兆。一屉屉玲珑宝塔样的"红枣山"，暄胖喜气的"甜佛手"，黄白灿然的"金裹银",无不寓意和渲染着生活的富足、甜蜜、幸福和安康,看着心宽美气,吃起来自然也香甜可口。春节时,走亲访友时,各样携带,送的是食物,更是一份吉祥美好的祝愿和"财气"。

红白喜事,更离不了面花增色添彩。

娶媳嫁女要做"石榴馍",九个扁形石榴三个一组垫底,上面各放一个咧嘴喜笑、籽实满盈的大圆石榴。石榴身上画有"全花",即"四时如意牡丹根(柿子、如意、牡丹花),福寿莲花贵子生(佛手、莲花、桂花、笙)",富贵如意,福寿双全,连生贵子,一切美好的希冀礼赞都浓缩其中了。安放在拜堂供桌之上,自是喜气盈门。娘家嫁闺女要有"盒子花馍""花果瑞草""珍禽异兽""莲花生娃""麒麟送子""锦蛇盘兔""龙飞凤舞",百奇千巧,花团锦簇,为喜事添彩也为闺女女婿祈福,给婆家增光也给娘家露脸。

办丧事要捏"猪羊贡献大祭",也要捏装点供席的花草蔬果、飞禽走兽、戏剧人物;点缀的一桌桌、一碗碗、一碟碟供菜,红绿耀眼,奇彩焕然。围观者有老有幼,如墙如堵,说好道赖,叽叽喳喳。及至傍晚撤席之前,不约而同,人人下手,各挑所爱,抢夺一空,乃古之遗俗,无可厚非。更何况这种形式既是对死者的追祭,更是子孙们的荣耀,由此亦为面塑高手们提供了显露才能、交流技艺和人们欣赏艺术、丰富精神生活的机会,故此俗绵绵不绝。

还有小孩过满月要做"奶头馍",老人过寿要做"寿桃馍",盖新房上梁要给三亲六友送"浇梁花馍"……

悠久深厚的历史文化造就了丰富多彩的一方风俗,而多姿多彩的时节习俗又为面花艺术的发展传承提供了载体,同时也为民间巧妇的聪明智慧、创造才能提供了尽情发挥的天地,而对生命的热爱和对幸福生活的孜孜追求，则使这朵艺术之花得以根深叶茂，常开常新。

　　这些千百年来被视为"民间俗物"的面人面花，近年来却被奉为"艺术瑰宝"，频繁进入各种高雅的艺术殿堂，电视里放，报刊上登，国家收藏，馈赠外宾……这些面人面花的创造者——大娘婶子和姑嫂姐妹们，既没有因被冷落而失望，也没有因被尊重而陶醉。她们还是那样平平常常、坦坦然然，依时按节为自己而塑，为生活而捏，寄托着自己的情思爱意，装点着生命无尽的蓬勃辉煌……

·摘自《读者》（乡土人文版）2007年第2期·

丹噶尔皮绣：日月山下的艺术珍品

祁万强

丹噶尔皮绣是古代湟源人民创造的一种精美的手工艺术品，所谓皮绣，即为在各类皮张上刺绣的民间手工艺术。丹噶尔皮绣具有精湛的技艺、独特的艺术风格和深厚的文化内涵，至今已有上千年的历史。然而，在漫长的岁月中，这一民族艺术瑰宝却鲜为人知。

湟源，史称"西戎羌地""丹噶尔"，这里是羌人早期生活栖息的地方，也是丝绸南路和唐蕃古道上的重要驿站，农耕文化与畜牧文化的结合点，素有"海藏咽喉"之称。盛唐时曾在此地设茶马互市，开辟了唐蕃古道，宋代这里为丝绸南路要冲。明清时，是西部民族贸易和文化交流的重镇。清末，丹噶尔城又成为著名的贸易集散地，各地商贩、能工巧匠纷纷入驻，牛羊、毛类、皮张等各类货物集聚，贸易兴盛，经济繁荣，"小北京""环海商都"的美誉名传四方。

湟源地处农牧区的交接地带，皮张货源充足，这有力地促进了皮革加工业的发展，出现了技术高超、专门从事皮革加工生产的匠人，为丹噶尔皮绣的产生创造了先决条件。

数千年来，各民族在这里集居融合，繁衍生息，各种文化在这里交织碰撞，绽放异彩，人们对精神生活的追求越来越高，各类皮张便成了表现这一愿望的最好载体。丹噶尔皮绣正是在这种充足的客观条件和多元文化融合的过程中所产生的艺术珍品。

皮绣的发展历史悠久，最早在这里生活的羌族先民们开始用羊毛、皮绳等材料，在皮制服装、靴帽及箭筒等物品上简单刺绣原始的图腾符号，作为装饰或崇拜物。此后，在漫长的发展过程中，经过多种民族文化的交流，皮绣也逐渐融会了南北各地的绣法和技艺，培养了质朴而优美的艺术风格，内容、用料和制作工艺也越来越丰富、繁杂和精美。

到明清时期，丹噶尔皮绣逐渐趋向成熟，甚至出现了专门的皮绣艺术品。它的内容包含山水、花鸟、人物等多个方面，画面栩栩如生，形式涵盖服装、饰品、日常生活用具等，用料多为各色丝线、羊毛、马尾等，绣法也融合了南北各地的刺绣技艺。整体作品风格原始古朴，底蕴丰富、制作繁杂，逐渐形成了鲜明的艺术个性和地域特色。

这个浓缩了多元文化的艺术精品，采用毛线、皮绳、马鬃及丝、绒、棉等多种颜色的绣线，运用平绣、网绣、盘金绣、拉锁绣等不同针法绣制而成。并根据不同题材、不同物象、不同纹理、不同要求，选配各种不同颜色的绣线，构成各种优美的图像、花纹，再加上虚实结合，明暗对比，增强了物象的真实性和立体感。丹噶尔皮绣绣品构图严谨，色彩鲜明，针法千变万化，内容丰富多彩。欣赏把玩皮绣艺术品，令人心旷神怡，妙不可言。居家装饰也以皮绣体现品位和个性，给人一种富贵、高雅的感受。可以说，丹噶尔皮绣是青藏高原民间艺术的一绝，为全国所独有。

根据丹噶尔皮绣艺人介绍，皮绣品种千变万化，既有名贵绝伦的欣赏艺术品，也有美观实用的日用品。根据不同的场所和用途可设计制作出不同样式，每个品种都可绣出风景、花鸟、人物肖像等图案。同时，还融入名人轶事、神话故事、风土人情等内容，艺术地表达了人们对自然乡土的热爱，对美好生活的追求，以及对清平盛世的赞颂。

由于历史等诸多原因，丹噶尔皮绣这一精妙的手工艺术一度面临失传的危险境地，它与很多独特的民族艺术形式一样，面对着时间的淘洗。为了保护这门优美独特的艺术，艺人们对皮绣艺术进行了系统的整理和艺术创新，以期能更好地保存它。

经过艺术革新的丹噶尔皮绣在保留传统工艺的基础上，采用现代各种刺绣技巧和新型材料，使其形式更加多样，题材更加广泛，并融入堆绣、盘绣、藏绣、刺绣等手法，精选具有教育意义的历史典故、文学作品、民间故事、传说和反映当地的自然风貌、文物古迹及民间艺术的内容，运用多种针法和不同颜色的绣线，精细入微地刻画创作出更加精美的艺术珍品。从而使丹噶尔皮绣这一高原民间艺术更加生动逼真，质感强烈，形神兼备，赋予了它新的艺术生命力，使它更具观赏性、研究性和收藏性。

新的丹噶尔皮绣，造就了浓缩多元文化的艺术精品，它融入了汉、藏、蒙、回等各民族的艺术风格及青藏高原的文化基因，包含了民族文化的精粹，成为风格独特的艺术精品。

·摘自《读者》（乡土人文版）2011年第5期·

广西瑶袋艺术

怀雅楠

深山古村出瑶袋

下古陈村位于广西壮族自治区金秀县六巷乡,是海拔1000多米的大瑶山中一个依山而建的小村落。

村民所住均为泥土房,一眼望去,可见群山绿林中的黄泥墙和黑陶瓦。在黄色的泥墙上,常常看到悬挂着的黑色布袋——瑶袋。

瑶袋是瑶族妇女日常生活中必备的物品,妇女外出常背一个瑶袋用来装各种物品。

瑶袋的制作者均为女性。她们从六巷乡买来黑布和彩线,自己将彩线按需要的根数捻成股,在闲暇时绣制。村中的妇女都会绣瑶袋,有些时候还会出现几个妇女聚到一家一起绣瑶袋的情形。

不同人绣的瑶袋不同,就像不同人写的字都有自己的特点一样,当地人一看瑶袋就知道是谁绣的。绣瑶袋也有水平高低之分,有些纹样只有少数人能绣得出来。下古陈瑶袋绣得最好的一位阿婆,年已八旬,是全村年龄最大的妇女。

瑶袋绣法的传承只靠口耳相传,并无书籍或以纸张记录的纹样。女孩子小时候多由母亲传授,长大之后妇女之间也会相互学习。

多姿多彩展身姿

瑶袋大体上以单一的黑色网纹布为底，以彩色线绣纹样做装饰。用线以红色为主，配以白、黄、绿、蓝等线，色彩上给人吉祥、喜庆而又质朴的感觉。瑶袋分很多种，可以从纹样的分布结构上明显地区分开来。但由于考察时间和地域的限制，以下仅介绍收集到的几种类型。

下古陈属坳瑶，常见的有坳瑶瑶袋和盘王袋两种。

坳瑶瑶袋的装饰纹样整体上呈长方形。结构大体上分3部分，呈宽度相似的3个横向带状分布，整体上呈纵轴对称分布。

最上面的带状部分又平均分为5个类似正方形的区域，区域内多为纵轴对称式纹样。其中，最左面的区域又分为上下两个小区域，上下比例为2:1。上面饰以小蝴蝶或花，下面则为手拉手的人形，多为5个或7个。最右面的区域与左面的相同。次左面的区域多饰以大蝴蝶纹样。有的还在左右上方饰以八角之类的小纹样，亦为轴对称分布。这类与众不同的绣法，一般在技术比较高的人所绣的瑶袋上才可见到。次右面的区域与次左面的区域相同。中间区域同最左面的区域一样，只是小蝴蝶或花多与最左面区域里的样式稍有不同。

中间的带状部分多绣龙或八角。整个带状为一独立整体构图，内外大体上可分3层。最外层为折线，样式很多；中间一层为双层直线框；最内层绣龙或八角，均为纵轴对称分布。

下面的带状部分与上面的带状部分结构类似，只是最左、中间和最右的区域，上下的小区域颠倒了过来，次左区域的蝴蝶样式与上面的也稍有不同。

盘王袋整体上类似正方形，亦为纵轴对称结构。

最上部和最下部分别为横向带状区域，宽度约为整体的1/7。以不同种类的条状纹样并列装饰，纹样之间稍有间隔。每个条状纹样均由某个小纹样的二方连续构成。

中间部分的中央是正方形主体纹样，左右两旁为纵向带状区域装饰纹样。左面条状区域中纵向排布3个纹样，其中上下两个纹样相同，为鱼或花，只是纹样的朝向不同。中间纹样的大小约为上面纹样的两倍，多为花。右面区域与左面区域成纵轴对称分布。中央主体纹样为八角，上下左右的角间隔处饰以镶嵌吻合的三角小区域纹样，使视觉上得以平衡，是恰到好处的修饰。

下古陈有一些其他瑶嫁过来的媳妇，所以在村中还有机会看到其他瑶的瑶袋，纹样排布与坳瑶的瑶袋迥然不同。

山子瑶的瑶袋整体呈正方形，构图对称，主体部分为九宫格结构。位于纵横中轴线位置的方格区域饰以太阳，另外四角饰以八角，八角与太阳的大小相同。外延多层边纹装饰，有的还以八角的二方连续作为边的纹样。

花篮瑶的瑶袋与山子瑶的纹样结构类似，只是四角不以八角装饰，而用太阳装饰。常见的花篮瑶的瑶袋上主体部分为9个太阳，有的也有一些变化，中间以别的几何纹样替代。

纹样纷繁存意深

瑶袋形式多样，具体绣起来变化多端，但有一些共同的特征。首先，在整体构图上，均为正方形或长方形，纹样呈纵轴对称分布。其次，均为单一的黑底色配上红色为主的线，质朴吉祥。第三，所用纹样多取材于动植物或自然景象，且将这些形象取其特点进行一定的抽象简化，约定俗成为一种纹样符号。它们的产生均和自然环境、社会生活有一定联系，而且无论条形边饰纹样或独立纹样，个数多为奇数。从民俗学的角度而言，这与奇数属阳有关。

蝴蝶是很常见的纹样，且形态各异，但都呈纵轴对称分布，可分辨出翅膀。从自然环境方面讲，村落附近的山中经常可以见到大量蝴蝶，这是蝴蝶纹样产生的根源。从民俗学研究上讲，蝴蝶象征男性，属阳。

纹样中还常见5个或7个手拉手的小人，象征多子，有子孙生生不息的祝福蕴含其中。

余秀大瑶山是著名的药材产地，山上有灵芝等名贵药材。下古陈深藏大瑶山之中，山上植被茂盛，植物无疑成了瑶族纹样描绘的重点。如八角在各种位置出现，或作为独立个体纹样，或以二方连续构成边饰。当地人之所以重视八角，是因为八角是当地重要的经济作物。村落附近的山上有很多八角树，其果实采摘晒干后，即平日常见的调味品——大料。其叶可做药材，其木可做建筑材料或烧火用。

还有一种符号也经常在瑶袋上见到，像人形在身体处加两条横杠标记，常以二方连续连用。但它的含义在村中已经失传了，当地人只说是瑶族特有的符号。

龙为吉祥之物，瑶袋上绣的龙极为抽象，由许多曲线贴合而成。从形态上不辨首尾，有两条龙从中间飞出的说法，也有两条龙聚向中间的说法。但均为两条，是纹样中少见的偶数。两龙中间有的不饰纹样，有的饰八角或其他样式。

山谷间有河流，一为引水灌溉梯田之用，二为儿童嬉闹之地，三为村民自建小水电动力来源，四为村民捕鱼之所。在当地可以看到挂在墙上的鱼篓。瑶族著名的黄泥鼓舞之一的"钓鱼舞"，描写的就是渔翁钓鱼的场景。可见鱼与当地村民生活联系之密切，于是鱼便自然成为当地人的描绘对象，成为瑶袋的主要纹样之一。

下古陈处于海拔1000多米的高山，雾气云气浓重，长时间见不到太阳，气候阴湿，连晾干衣服都需要好多天，再加上作物的生长也离不开太阳，太阳自然成为自古以来人类膜拜的对象。奇特的是，从几何形态上讲，太阳可以看做4个鱼的纹样相向组合而成。而且相同样式的纹样，花篮瑶和山子瑶认为是太阳，坳瑶却认为是八角。山子瑶的八角纹样，则是太阳纹样的形状搭配另一种饰线组成的。

当地人将所绣纹样分为真花和假花。真花即祖传下来约定俗成的纹样，假花是自己绣的纹样。

真花假花可以从形态上区别开来。真花有一定的绣法和样式，多为简化后的几何图形，风格上古朴整齐，假花则更为写实和具象，从纹样上可以明显地看出是鸡、鱼、蝴蝶、花等。而真花有的则需要代代相传的经验方可得知其所指。

而真花与假花又有很多共同之处。它们都使用暖色，祝福吉样，且假花用色更为活泼。它们都服从瑶袋基本样式的纹样布局，只是做局部的创新，瑶袋的传统特色还是保留了下来。

瑶袋上的装饰纹样，既起到了装饰瑶袋的作用，给人以美的享受，又具有民族特色，传承了传统艺术。而瑶袋既在当地村民的日常生活中起着重要作用，成为妇女生活中的重要部分，又是我国民俗艺术不可多得的瑰宝。

·摘自《读者》(乡土人文版) 2010年第12期·

精美而沉重的技艺——苗族打银

赵 阳

苗族是一个嗜银的民族。对银饰的崇拜形成了苗族丰富多彩的银饰文化，粗犷豪放的民风造就了苗族以大为美的习俗。银饰主要用于定情、祭祖等活动中，是苗族人民生活的重要组成部分。

节日中，苗族姑娘的身上总是佩戴着很重的银饰，一般全身的银饰重达三四十斤。相传，银饰是保平安的象征。后来，渐渐演化为富贵与美丽的体现。从远古时起，苗族人就掌握了制作银饰的技艺，随着几千年的社会变迁和不断演化，苗银形成了自己独特的风格，与服饰艺术一脉相承，成了苗族人民最主要的装饰品。

银饰纹样造型繁多，有龙、凤、鱼、花、鸟、虫等，生动传神，玲珑精美。银饰上的纹样有古老的传说，有图腾崇拜，还有动物花卉，它记载着苗族文化的变迁，是一种独特的文化载体，丰富了苗族文化的底蕴。一套完整的苗族妇女服装佩饰有34件之多，需用白银230两，要花掉一个工匠120个工作日。

寻找原始的苗银打造工艺是我最感兴趣的，如此精美绝伦的银饰是在什么样的环境下、用什么工具和工艺打造的？现在还能看到最原始的打银技艺吗？带着这样的困惑，我走进了贵州雷山县大山深处一个叫"控拜"的苗族村寨，在这个寨子里终于找到了答案。

控拜村有七八十户人家，村民以李姓为主，是远近闻名的"打银之乡"，已有千年的打银历史，几年前一些村民还被北京服装学院请去现场打银示范教学。正是这些走出大山的村民们，在外面的精彩世界中寻到了苗银的商机，他们带领乡亲们走出大山，开始了新的打银生活。目前，控拜村已很少看到年轻人的身影，不少人靠打银已在城里安了家，有的甚至开办了打银的小工厂，但寨子里还是有人在坚守着古老的打银工艺。在村长的帮助下，我找到了一位李姓师傅，他只有25岁，从8岁起就跟随父亲挑着担子，走村串寨为乡亲们打银，日积月累，打银技能得到了不断的提高，如今已成为远近闻名的打银工匠。

　　他有些无奈地向我诉说了控拜村银饰加工的现状，由于各方面条件的限制，村里从事打银的人已经很少了，但是仅有的打银工匠依然沿用着传统的打银方法，在简陋的工作环境中，使用简单的工具为乡亲们打造出精美的银饰。他还告诉我，苗族银饰的加工主要以家庭作坊的手工操作完成，打银工艺和纹样靠上辈人口传心授传承至今。主要工艺有掐丝、扭丝、编织、线刻、浮雕、镂空等，纹样以龙纹、凤纹、水纹为主，工艺和大量的纹样图案都牢牢记在工匠们的头脑中。苗族的银饰工艺流程比较复杂，一件精美的银饰要经过20几道工序才能完成，纯手工制作的银饰以锻打、錾刻和花丝编结工艺为主，这样打出来的银饰古朴自然，充满灵气，让人有一种怀旧的感觉。城里的工匠们采用模具，批量生产的银饰千篇一律，略显呆板。

　　手工银饰的制作过程，可根据不同的款式而采用不同的工艺，李师傅分步骤向我演示了手工打银的工艺流程。

　　第一步，将原料银放入坩埚在炉上熔化，银熔化后浇铸铜模。第二步，趁热开始锻打所需要的形状，有时需要反复多次。第三步，按照设计图稿剪下银片，下料时，银片要比图稿略大，留出加工余地。第四步，做铅托，托住和固定需要加工的银片，便于进一步制作。第五步为精加工，这是打银工艺中最关键的环节，工匠们把这道工序叫做"雕花"，所用的工具是一把小锤和若干只不同形状的錾子，根据需要选用。加工时工匠一手握锤，一手握錾，均匀用力雕出生动的图案。雕刻到细微之处，工匠屏住呼吸，目不转睛，一气呵成。第六步为焊接，原始的焊接方法是在接口处粘上焊药，在容器里放上煤油和铜管，点燃铜管的另一端，手握焊丝口，对准火苗吹气增强火势，熔化焊丝焊好接口。第七步为洗银，打好的银饰表面会发黑或粘上杂质，用高温将银饰烤热后浸入酸液里，取出后放入清水中，再用铜刷刷洗至光亮洁白。古朴的苗银就是这样一步步被打造出来的。

·摘自《读者》（乡土人文版）2008年第4期·

莱芜锡雕

谷 玥

在中国浩瀚的民间工艺中，莱芜锡雕工艺堪称一绝。它不仅有普遍的生活使用价值，也具有较高的艺术观赏价值。可谓历史悠久，题材丰富，形式多样，土生土长，古色古香，风格独特，蜚声中外。

一

莱芜锡雕起源于清康熙年间，当时主要流传在莱芜的广大农村，最早见于莱芜市莱城区杨庄一带的穷苦百姓中。

当时，大埠头村一带乡间百姓的生活极端困苦，虽终日辛勤，但仍难保温饱。大多数穷苦人急于寻找谋生之道，纷纷拜师学艺，使当地的锡制工艺逐步达到局部性普及。至1903年，仅大埠头一村就有80多家锡雕户。

每逢农闲时节，大埠头村的锡匠艺人们挑担推车，搭伙结队，外出耍手艺。他们四处奔波，手工打制各种锡质家用生活器皿，如酒罐、酒壶、酒盅及卖酒用的酒提、酒漏斗等。据说，用锡制成的这些酒具可以保持酒的本来面目，不串味，不变质。另外，还可以检测出酒中是否有毒。若是毒酒，锡制酒具器皿会有变色反应，如同银筷、银勺、银叉子的功效。在酒具器皿中，锡酒壶最普及最实用。锡酒壶是用来烫酒和煮酒的，它不仅导热快，保温时间长，更主要的是不会与酒发生化学反应。

由于酒具在人们日常生活中的利用率较高，锡匠艺人们开始从普通的锡质酒具加工，逐步向高层次的加工工艺探索和追求。他们在酒具上添置花样，提高酒具的观赏价值。先在酒壶的壶嘴与壶身相接处焊接上十二生肖，又逐步尝试增添花虫鸟兽。智慧的锡匠艺人们群策群力，不断探讨求索，专在结实、耐久、实用、美观上做文章，同时善于观察分析市场，诚信经营，使得大埠头村的锡制品备受各地群众欢迎。

南至新泰、蒙阴、临沂、费县、郯城，直到江苏省的北部；北到章丘、历城、惠民、利津、青州一带，就连河北、江苏、河南等与山东交界的县城乡镇，也有大埠头村锡匠艺人的足迹和制作的手工器皿产品。"打锡壶哟""打锡壶来"，锡匠艺人呼叫买卖的吆喝声，如同莱芜梆子上下两句的唱腔一样，脍炙人口，优美动听，至今仍回荡在人们的记忆中。

二

莱芜市莱城南关有一个王姓制锡世家，他们总结了历代前人的制锡经验，创造性地继承和发展了锡雕工艺。经过王姓家族5代人的创造革新，制出的第一批配套茶具、酒具器皿，漂洋过海，走向了世界。

他们制作的古香炉，妙趣横生，别具一格。这种锡香炉不仅在国内名声大噪，而且在1915年巴拿马万国博览会上斩获国际银奖。

其后的几十年里，莱芜锡雕又有了长足发展，制作工艺更高一筹，其代表作为"仙鹤烛台"。这种锡器的主体造型是一只鼓翅欲飞的仙鹤，它单腿立于烛台之上，另一只腿抬起，爪中握一朵灵芝，鹤颈舒展，口衔仙草，仙草上高插红烛。当烛光点燃，细烟缭绕，仙鹤双翼鼓动，似腾空飞翔，被行内人士誉为特异之品。

新中国成立后，莱芜锡雕更焕发了新的生机和活力，肩负起新的历史使命。传统工艺产品成了国际市场上的热门货，为发展对外经济贸易、开辟国际经济往来做出了应有的贡献。当代艺师们在先辈们的加工基础上，又将镶嵌、浮雕等工艺成功地移植在锡雕上。花样繁多的锡雕落地台灯，在国际市场上供不应求；成双成对的锡雕"盘龙花瓶"更是达到了莱芜锡雕业的又一艺术高峰。这种锡雕器具是在一对高颈大腹的花瓶上，浮雕两条张口相对的云龙缠绕于瓶身之上。二龙探头相视，张牙舞爪，两对嵌玉龙睛，铜镶眼窝，四条镶铜龙须，活灵活现。整件器具可谓美观大方，精巧玲珑。

三

莱芜锡雕以精锡为原料，靠手工制作。加工分为化锡、制板、下料、焊、洗、磨、雕、镶嵌等十几道工序。制作者首先要确立主题立意，结构层次，待构思成熟后做出草图，制出模型小样，即化锡，制板，下料，焊接成型。其工艺的独到之处是烤焊，接着把焊成的毛坯，分别用锉、粗糙的纺织品、绸缎等软纺织品，进行粗、细、精三个阶段的磨洗，之后便可雕刻。雕刻分为阴阳两种，阴刻主要是字、画、纹饰的雕刻，阳刻则包括浮雕，主要是花、鸟、鱼、龙等动植物的雕刻。最后再镶铜嵌玉，完成装饰。有的制作者还会还刻上诗词文字，既增妙趣，又表露出艺师的心境。

莱芜锡雕从起源到兴盛，有黄金时代，也有衰败时期。而今，其造型、镶嵌、雕刻、磨洗等工艺都有了较大的创造革新，使锡雕艺术日趋完美。茶具、酒具、香炉等实用手工艺品，式样繁多，工艺精巧。除大部分在国内销售外，还打入了国际市场。

目前，大埠头村锡雕业户已恢复到40多户，其他村庄也常有重操旧业者。由于原料缺乏，价格昂贵，工艺落后，工序繁多，锡雕业至今形不成生产规模。但广大锡雕手工业者正在苦心求索，立志把祖辈传下来的民间工艺继承下来，发扬光大。在继承中不断改革旧工艺，吸取新技术，走现代化、科学化的新路，走与美术相结合的路子，在大型摆件、壁挂件上做文章，使锡雕工艺产品成为当代名副其实的珍品、精品。

·摘自《读者》（乡土人文版）2010年第6期·

黎锦：纺织史上的艺术奇葩

欧阳笑笑

在海南的黎族文化里，黎锦是不可缺少的，它是黎族同胞在婚丧嫁娶和祭祀之中必须使用的重要物品。黎锦古称"吉贝布"，是黎族人采用木棉花果内的棉毛织出的一种特色花布，远在春秋时期就已久负盛名，是中国最早的棉纺织品。延续 3000 年以上的黎锦，早于中原棉纺织业 1000 多年，是中国纺织史上的"活化石"，既是黎族同胞日常穿着的衣物，也是一种精美的艺术品。2009 年 10 月，海南黎族织锦纺、染、织、绣技艺被列为《联合国非物质文化遗产急需保护名录》。人们把这种海南黎族传统纺、染、织、绣技艺，简称为"黎锦技艺"。

黎锦的工艺与特点

精美绝伦的黎锦，浓缩了海南黎族人民深厚的民族文化与智慧，直到今天，只要走进海南的黎村山寨，还能看到它顽强的生命力。如今黎寨里的黎家妇女们仍然还在用手工织绣着属于她们的文化：花布、腰带、被子、筒裙、壁挂。这些精美的黎锦织品，件件都充满了艺术气息。在 2000 多年前的汉代史书上就有黎族织被的记载。在当时，黎族织品已经作为贡品而受到封建帝王的喜爱。然而，黎族织锦中最精华的"龙被"，却因没有得到及时抢救、保护和开发，已失传近百年。

海南的黎锦是以棉线为主，麻线、丝线和金银线为辅交织而成。黎族的纺织、织造工具仍然沿用古老的传统工具，像手搓去籽十字棍、木制手摇轧花机、脚踏纺纱机和织布机等。黎族人民经过漫长的发展，创造了扎染与织造相结合的织锦工艺。其纱线多采用缬染法，在一个扎线架上编好经线，再用纱线在经线上扎结，染色后拆去纱线，即出现蓝底白花的图案，最后织进彩色纬线。经过一系列的复杂工序后，成就了一件件精美的作品。

黎锦具有制作精巧、色彩鲜艳、富有夸张和浪漫色彩等特点，其图案花纹往往精美无比，配色和谐美丽，作品上的鸟兽、花草、人物形象栩栩如生，在纺、染、织、绣方面都带有浓郁的民族特色。黎锦作品往往以织绣、织染、织花为主，刺绣相对较少。纺织绣染一切源于天然，其染料主要采用山区野生或家种植物做原料。这些天然的染料色彩鲜艳，不易褪色，各种搭配浑然天成。据有关专家考察后认定，在我国民间，黎族是唯一还在用多种植物进行染色的民族，然而如今能熟练掌握植物染色工艺的黎族老人已经所剩无几了。而且，当地完全懂得自纺、自染、自织、自绣的黎族妇女同样已经不多了，大多数年轻人已经对织锦不感兴趣，传承了数千年的黎族织锦工艺濒临失传。

传承非遗，延续黎锦

海南乐东黎族自治县千家镇永益村的容亚美，是国家非物质文化遗产项目——黎锦传承人之一，她为黎锦技艺的延续做出了极大的贡献。

从2004年起，容亚美就已经开始四处寻找失传已久的黎锦"龙被"图案。经过半年多的不懈努力和探索，她已基本掌握传统"龙被"的织锦技术。她说："过去'龙被'是先织后绣，而现在完全用踞腰织机就能织出整幅图案。"

　　看过容亚美纺线的人，都会为之惊叹。她的纺线工具和方法很简单，只有一根捻线棍，将事先采摘去籽的棉花卷向捻线棍，放在腿上急速地滚搓后便松手，捻线棍在空中旋转；捻线棍旋转时不仅将棉花纺成了棉线，还自动地将棉线卷到捻线棍上。如此这般反复滚搓，捻线棍上的棉线也就越来越多，直至最后形成一个厚实的棉锭。这项工艺看似简单，但没有娴熟的技艺和技巧是绝对不行的。

　　黎族的织锦工艺传承，一直都是靠口传心授。容亚美8岁就跟随母亲学习织锦，在13岁时已经可以独立完成织锦了。她现在最大的心愿，就是希望能有更多的年轻人喜欢上自己民族的织锦，让黎锦工艺得以传承。

·摘自《读者》(乡土人文版) 2012年第9期·

临沭柳编

王朝学　梁凤华

白柳，俗称"簸箕柳"，学名杞柳，因柳条剥去外皮色白成了柳乡人的惯称。临沭白柳可以编成簸箕、筢子、圆筐、粮篓、提篮等。早年，农民编柳仅是为挣钱养家糊口。新中国成立后，农民走上集体化道路，除继续编织传统产品外，又增加了"柳箱""工人帽"这一美观实用的新产品。1970年，临沭柳制工艺品打入国际市场，产品供不应求，白柳种植面积也随之扩大。至今，以白柳编织为主的柳制品畅销欧、亚、非、北美等地的100多个国家和地区。临沭被国家林业总局命名为"中国名特优杞柳之乡"，被中国工艺美术协会授予"中国柳编之都"等称号。

源远流长的柳文化

临沭白柳是柳树中的佼佼者。沭水河畔，绿柳依依，这里是我国柳文化的发祥地。临沭白柳由于栽植的历史较长，品种丰富，有关柳的民俗较多。农家素有在河滩、沟旁、路边栽植白柳的习惯，谓之"插柳"，清明插柳的习俗至今还在临沭民间流传。另外有些地方"村亦柳名，人亦柳姓"。柳庄村以柳而得名，早年农历三月三逢"柳会"，农民把割下来的鲜芽柳编织成样品，拿到集市上展销，供远方来的客人照样定购"新柳货"。再者，柳在临沭民间的典故、传说、神话故事及习俗也很多，柳编女、柳老庙、柳毅传书都与柳有关。白旄镇柳庄村在唐代贞观年间重修的柳毅庙，现存一楹联，上联是"胜迹溯泾阳尺书远寄片井长留直与洞庭山并峙今古"，下联是"崇祠开沭左翠峰遥拱蓝波近映恍疑灵虚殿尚在人间"。这里面"柳毅月下传书"以及龙女传艺的美妙故事流传千古。所以用白柳编制的团圆筐，又叫"泼儿筐"，既象征着夫妻团圆、和睦相处、白头偕老，又寓意生的孩子泼辣、结实。至今姑娘出嫁，父兄们都要用新白柳条儿，编一对银盆似的团圆筐和喜簸箕作为她们的嫁妆。

临沭柳编，取材广泛，多彩多姿，集实用、观赏为一体。其中，以花卉雀鸟、禽兽为题材的编织工艺品，鲜活可爱，很合外国人们的口味。还有用玉米皮、山红草、染色柳、蒸柳为原料，制作与柳文化有关的题材，如草、柳混编的"二龙戏珠挂帘"，染色柳制作的"百鸟朝凤壁箱"，芽柳制作的"鲤鱼"餐盘，就连汽车司机的座垫上也有柳制玉麒麟图案。很难想象，如此生动的柳制艺术品大多出自农村老艺人之手。如今，这些"小玩意儿"早已登上大雅之堂，先后荣获山东省"工艺美术百花奖"和国家轻工部"优秀产品金龙腾飞奖"，在每年的"广交会"及"青交会"上独领风骚。近几年，临沭有关部门努力发掘具有临沭特色的柳文化，专门建造了柳编文化艺术馆，

不断组织艺术竞赛活动，选拔优秀人才出国传技表演。写柳、画柳、唱柳逐渐成为临沭文坛、画坛、歌坛的盛事之一。

"白旄柳编"曾艺传各方

白旄镇位于"白柳之乡"腹地，也是全县最大的白柳生产基地。当地百姓自古种植柳树，并有利用柳条资源从事柳编手工业的传统。该镇柳条的品种有荣柳、笨柳、大稀叶、黄皮柳、二柳、南柳、金钱柳等，尤以新

二柳为当家品种。其特点是适于密植，所产柳条细长均匀，瓤少皮厚，中孔适度，韧性强，硬度大，光滑少杈，色泽洁白光亮。白旄人代代植柳编柳，堪称沭河流域的柳编工艺之最。我国东北和南方许多地方的柳编技艺，也大部分是从这里传去的。1998年，金柳村柳编高手张俊思、刘屯村被评为"全国劳动模范"，刘德全等甚至走出国门，分赴美国和日本传授柳编传统工艺。白旄镇的柳编工艺形成了白柳、红白柳、草柳、内销、外销等7大产品系列，在制作上亦创出"拟物""混编""上漆""染色"等四大工艺特色。以"混编"为例，它是将柳条与木撑、柳条与草辫、柳条与腊杆、柳条与塑料花布等混编。其中柳条与木撑混编，是先将木撑钉成所需形状的框架，再沿框架编织柳条。这种产品棱角分明，整齐方正，坚固耐用，既有柳编制品的妩媚，又有木制品的刚正。柳条与草辫混编，借用草辫的质地形状，强化了产品的柔美和朴实的感觉；柳条与花布混编，既表现出自然与现代化的结合，又可以减弱柳编制品的硬度，利于盛放蛋类、玻璃体等易碎物品。"染色"是根据出口国家或地区的审美趣味和柳编制品艺术表现的需要，给柳编的不同部位染上不同颜色，或艳丽或高雅，有时还饰以梅花、菊花、紫荆花、玫瑰花等造型，再使用压光漆或水漆合成的特殊工艺，使柳编制品显得美轮美奂，招人喜爱。

　　柳制品的系法是最原始的传统工艺，制作的原料主要是白条和麻线，线把条系住做成苤子，扎沿用藤条。运用这种编法织成不同形状的器物，如圆筐、簸箕、筢子等。其中的喜簸箕、团圆筐，蕴含相知相爱、和睦相处之意，为柳庄所特有。早年编制的水斗打水、鱼篓打鱼滴水不漏，柳斗几乎家家都用。尤其编制的升，有升官发财的寓意，至今喜庆之日必用，也只有柳庄村才会制作。

·摘自《读者》（乡土人文版）2011年第2期·

临沂彩印花布

杨 婧

山东临沂的彩印花布艺术是当地农村非常流行的实用艺术，相传源于秦汉，历经代代相传，明清、民国时期在临沂地区盛行开来。彩印花布色彩古朴而浓艳，大红大绿中饱含着浓浓的乡土气息；图案大方并具丰富的内涵，是凝结着当地质朴民风和古老民俗的艺术创造。

相比日常用的蓝印花布，彩印花布多用于寿诞、婚庆等喜庆场合。彩印花布多以"包袱皮"的形式出现在农村传统婚俗中，其重要功用是包裹嫁妆并寄福纳祥；也做成老人过寿时悬挂在厅堂八仙桌上方的壁挂，或制成门帘，以及用做衣料。彩印花布旧时多见于山东临沂、菏泽、聊城、济宁等地区，临沂地区尤为兴盛。如今，随着实用功能的萎缩，彩印花布在从艺者的努力下，正向纯粹的装饰艺术过渡发展。

传统彩印花布的工艺程序特殊而复杂：打版、刻版、磨版、熬桐油、油版、晒版、调色，最后套印，道道工序都费时费工，并且受制于天气条件。

刻版造就彩印花布的造型，而点和线是主要造型元素，以点代线勾画图案的轮廓是其最为典型的造型特点：点的排列要有节奏，构成的线条要有张力。常用的图案有梅、兰、竹、菊、蜂、蝶、蜻蜓、鱼、荷、狮子滚绣球等等。这些古老的花样历经更替其寓意也变化无穷。以牡丹为例，各朝各代变化出十几个样子，唐朝为反映武则天登基所作，因此图案以凤为主；汉代牡丹图案则以昭君出塞为主。

彩印的灵魂在于色彩的搭配,讲求"七红八绿十二蓝",民间常以"鹅黄鸭绿鸡冠紫,鹭白鸦青鹤顶红"来形容其变幻无穷的色彩,喜用红绿而慎用紫,色彩饱和但不扎眼。调色是见审美功力的程序,在微妙变化中彩印艺人总能调和出丰富的层次,呈现出色彩构成的美妙规律。

彩印花布与木版年画均采用多版套印工艺,但略有不同。木版年画套色讲求线版与色版画面套印基本吻合,由于木版年画水性颜料的高透明度,以及纸张具有的吸水性,黄和红、黄和绿叠加之后非但不冲突,还相互晕染渗透,黑压红不但不变色,而且颜色更加清晰。彩印花布的多版套色则需百分之百对准,讲究层次清晰,所用染料具有很强的覆盖性,假如套色不精准,颜色叠加后会变脏变灰,呈现彩印中最忌讳的颜色——"老驴皮色"(即灰色)。

张明建是临沂地区继承传统彩印花布工艺的代表人物,他的从艺经历可作为半个世纪以来临沂彩印花布兴衰的见证。生于1948年的张明建,自幼聪颖好学,喜欢美术,还自学木雕、柳编,天生具备做一个好手艺人的动手能力和审美能力。经父亲牵线,14岁的张明建师从彩印花布艺人周绍祥。但旧时艺人恪守严格的授艺旧俗,使得学艺道路十分苦涩。少年张明建往往是白天在生产队干上10个小时的活,收工后再到师傅家推磨、干杂活,夜里刻版刻到凌晨两三点。由于他刻苦执著,师傅最终毫不保留地将手艺传授给他。干活灵巧、悟性好的张明建两年后学有所成,师傅看了他刻的版印成的布说道:"花都离布了,你可以不用再学了。"意思是你刻印的图案生动得都能跳出布面了,手艺学到家了。这样,张明建算是出了徒,自立门户卖起了彩印花布。

20世纪60年代,常印有龙凤图案的彩印花布逐渐无人问津,艺人们只能开染房维持生计，彩印花布走向衰落。人民公社解散后很多艺人弃艺从商，老粗布也渐渐远离了人们的日常生活，取而代之的是的确良、人造棉等新兴面料，艺人们的手艺已维持不了全家的生计。渐渐地，市面上的彩印图案也严重退化，以鸳鸯、莲花、梅花为主的单一通俗图案唱起了主角。更有以丝网印刷代替彩印套色工艺者，为追求量化生产而完全将传统彩印手法抛弃。

20世纪80年代初，张明建恢复彩印花布创作，作品开始通过展览和博物馆走进了人们的视野，其艺术成就也不断得到认可。1994年10月，张明建的彩印花布作品在文化部和中国美术馆举办的"中国民间艺术一绝"大展中，荣获"中国民间艺术一绝"称号。2008年7月，在由中国农业博物馆、中国民间文艺家协会、北京市文物局主办的"民俗风，乡土韵，奥运情"农民艺术展中，其作品《独占鳌头》凭借传统吉祥图案与奥运精神的精彩结合获奖。

如今的临沂处处是繁荣的商业景象，可惜正宗的传统彩印花布已不再是市场上往来热闹的流通商品，但使用包袱皮的习俗在山东农村还没有完全消失，在最近10余年的传播过程中，彩印花布还逐渐被认可，成为当地的特色工艺品。人们开始将其视为装饰艺术品装点生活，以保留住对这一古老艺术的记忆。

作为一名传承人，张明建将保护和继承彩印花布视为毕生事业。2005年至今，他系统地恢复了一系列许久没有面世的老图案，流传百年的各式图样在张明建手下重新焕发光彩。同时，张明建尚保存的几十套珍贵老版还没有面世，由于历尽沧桑，有的已经趋于损毁，亟待进一步挖掘整理。这些残破的老纸版曾经是多少代艺人赖以生存的技艺，它不仅仅是前人遗留下来的参照实物，更是能使彩印花布工艺得以薪火相传的精神动力。

除了民间艺人的努力，彩印花布艺术的发展离不开众多热爱传统艺术的传播者。艺术家韩美林将艺术创作与传统彩印工艺相结合，为彩印花布增添了更多的现代审美意味。山东工艺美术学院记录下彩印艺人完整的彩印工艺演示作为教学资料，以传授更多后人。诸多举措对传统彩印花布的创新发展和推广必定起到助推作用，古老彩印花布的瑰丽色彩也会历久弥新、世代相传。

·摘自《读者》(乡土人文版) 2010年第5期·

濮阳麦秆画

张　敏　崔晓静

麦秆画艺术是我国古代文化艺术的瑰宝。

20世纪80年代，濮阳的民间艺术家就开始潜心研究麦秆画工艺，使早已失传的中华绝技重放光彩。

濮阳麦秆画在全国起步最早，麦秆画工艺流传于濮阳民间。1990年，濮阳民间艺术家刘丽敏的麦秆画被亚运会选中，她向亚运会捐赠作品2000幅，其中1200幅用来装饰五洲大酒店的1200个高级房间，其余800幅作为礼品赠送给外宾。目前，濮阳麦秆画已远销美国、日本和欧洲、东南亚等国家和地区，受到世界华人和国际友人的一致好评。

濮阳麦秆画工艺之所以能在其领域内独树一帜，与濮阳优越的地理位置和深厚的文化底蕴分不开。

濮阳位于冀、鲁、豫三省的交界处，地处冲积平原，是农业开发最早的地区之一。主要农作物有小麦、玉米、水稻、红薯等，其中小麦种植面积和产量均在河南省占有重要位置，为全国商品粮基地之一。小麦的广泛种植为濮阳麦秆画的加工提供了充足和优质的原材料——麦秆，这成为濮阳麦秆画工艺得以发展的资源优势。

此外，濮阳作为草编技艺的重要所在地，为麦秆画工艺重放异彩提供了技术支持。

草编是民间传统的编织工艺，兴盛于北宋时期，多用麦秸、玉米皮、蒲草和龙须草等各种柔质材料，采用结、辫、捻、搓、拧、串、盘等各种技法，编成草帽、草鞋、草包、蓑衣等用品，用玉米皮、蒲草还可编成各种门帘、坐垫、地毯等。麦秆画工艺受其启发，把麦秆作为原材料，并吸收了熏、蒸、漂、染等草编工艺的流程，在此基础上形成了一门独特的手工艺技艺。

濮阳麦秆画结合麦秆的自然光泽和纹理，经过熏、蒸、漂、染、烫、贴、剪、粘、修、裱等艺术加工处理，做工精细，手工表现细腻。采取纯手工制作，环保健康，存放时间可达二三十年，不易褪色变形。

濮阳麦秆画的材料包括麦秆、拷贝纸、环保胶、绒布、KT板或卡纸、木框、玻璃、防氧化剂等。濮阳麦秆画的主要材料麦秆所用的麦种不同于一般小麦，它具有麦秆粗而长的特点，并且全部采用手工收割。麦秆首先进行熏漂，熏漂后的麦秆晾干后即可作为原色麦秆使用，原色麦秆经染色处理后作为彩色麦秆使用。过去，人们用传统的火烙铁熨烫，现在改用电烙铁，电烙铁具有型号多、易控制温度的特点，使麦秆呈色更加丰富。

现在，濮阳麦秆画的色彩不再拘泥于麦秆漂烫后的原色，而是根据画面需要，在以自然色为主的基础上，运用的色彩更加丰富，画面层次更加凹凸有致，这使麦秆画整体的技术水平得到很大提高。

濮阳麦秆画最初使用高密度板做底板，但是因为高密度板含有对人体有害的苯，并且易发霉和变形，所以，现在多改用美观大方、方便轻捷的KT板，同时根据画面的需要，也选用坚实耐用、色彩丰富、装饰性强的卡纸做底板。为了突出画面的色彩，增强层次感，濮阳麦秆画大多用黑色绒布做背景衬布，裱框用材多选用优质的红木、楸木和椴木。

制作麦秆画时，首先用拷贝纸描摹画样，然后把拷贝纸上组成画的每一小部分剪下，把熨烫好的麦秆粘贴在背面，再把麦秆粘在贴有衬布的底板上形成图画，最后用玻璃和木框装裱即可。麦秆画制作完成后，要在表面喷上一层环保型的防氧化剂，确保画的储存时间更长。

濮阳麦秆画的基本工艺根据对原材料加工的精细程度，分为毛刺工艺、鳞片工艺、平贴工艺等。不同内容和不同意境的画，所用的技法不同。

濮阳麦秆画是一种综合性的民间艺术品，它吸收了国画、书法、剪纸、烙画、刺绣、雕刻等各种艺术表现手法，题材涉及人物、花鸟、动物、山水等，风格古朴自然、典雅大方，具有古香古色、灵秀端庄的风韵，富有浓郁的乡土气息。

在色彩上，濮阳麦秆画大多选用黑色绒布作为背景衬布，这也体现了中原人的"尚黑"情结。麦秆画在黑色衬底上粘贴出彩色的麦秆图画，肃穆而典雅。在中原，黑色在民间美术中的应用非常普遍，如泥泥狗、泥咕咕和豫西的黑色剪纸，都是以黑色为底色。

在艺术造型上，濮阳麦秆画吸收了剪纸的表现手法，用简明的线条将繁杂的事物表现得淋漓尽致，给古老的民间艺术注入了新的生命活力。它同剪纸一样，源自民间，具有粗犷、质朴、率真、浑厚的艺术特色，令人十分赏心悦目。

·摘自《读者》（乡土人文版）2008年第5期·

庆阳香包——民俗"活化石"

薛 涛

地处甘肃东部的庆阳市,是中华民族的发祥地之一,7000多年前就有了农耕生产。周人始祖曾率族人"奔戎狄(今庆阳)之间","教民稼穑",开启了先周农耕文化之先河。这里更因环江翼龙、黄河古象化石的出土而闻名于世。在悠久的历史长河中,勤劳智慧的庆阳人民创造了底蕴深厚的民俗文化,在诸多门类中,尤以香包为代表的民间工艺品最为绚丽多彩。

香包,古名"香囊",又称"荷包",俗称"绌绌""耍活",是集刺绣、绘画于一体的艺术品。香包在庆阳已有千年历史。2001年在庆阳市华池县双塔寺塔体内发现了一个保存完好的金代香包,这个香包通体由黄褐色织锦缝制,呈一边平直的椭圆形,虽年代久远,仍艳丽如新。因双塔寺建造于金大定十年(1170年),距今830多年,香包至少与双塔同庚,故称"千岁香包"。

庆阳香包题材丰富,家养的牛、羊、猪、鸡、犬,野生的狮、虎、猴、鹿、兔,水中的鱼、龙、龟、蛇、蟹,树上的桃、杏、梨等等,均出现在香包图案构思之中。一个个小小的香包,表达了庆阳妇女美好的愿望,浸透着她们的智慧。

庆阳香包大致有五种类型:一是头戴型,主要供孩子们头上佩戴,常用彩色布、彩线做成虎头、猫头、兔头及各种动物头型帽。二是肩卧型，一般以猛虎雄狮为图样，绣成头大身小，有爪无腿的老虎、狮子，缝在孩子衣服的肩上。三是胸挂型，这种类型样式繁多，内容庞杂，一般用双股彩线把香包连起来，挂在胸前衣扣上，少则一两个，多则八九个，内容常为吉祥如意的动植物，表达妇女们祈福求安和盼望五谷丰登的心愿。四是背负型，这种类型主要为"五毒背心"，刺绣有毒的蛇、蝎、蜥蜴、蜘蛛、蜈蚣五种小动物的图样，缝在孩子们上衣的衣背上。这些小动物本是有毒的，端午这天却要穿在身上，即希望驱邪避毒，保护身心。五是脚蹬型，多为飞禽走兽头型的图样，如虎头鞋、猫头鞋、蝴蝶鞋等。这种香包左右鞋双双对称，古以左为阳，以右为阴，寓意阴阳平衡之理，取"成双成对、并蹄腾飞"之意。

庆阳香包以其古拙质朴、富有原始文化遗存和手法奇特而区别于国内其他地区的香包。一是浓郁的原生态文化气息。庆阳位于黄河流域，是华夏民族最早繁衍生息的地方之一，文化积淀深厚，且很少受外来文化的影响。香包形象中，大量蕴藏着以龙、蛇、虎、鹿等为图腾的原始文化痕迹。它们与同一地域下出土的文物完全一致，相互印证，保持着原始纯正的本色，具有原生形态工艺美术的古老质朴之美，靳之林先生称其为"未被污染的'活化石'"。

二是表现手法奇异多样。庆阳香包的刺绣手法多变，不讲透视，不求比例，只求神似；夸张变形，幻化姿态；以多变视点，随意创作。很多专业美术家认为无法理喻的东西，在庆阳民间艺术制作者的手中却合情合理地存在着，而且表现得那样淋漓尽致，情景交融。

三是比喻象征，托物言志。祈福是庆阳香包民俗文化的永久主题，以比喻、象征的手法托物言志，则是庆阳香包的主要表现手法。比如借老虎、狮子的勇猛威武祛除邪恶之气，保护自身安全；借鱼儿钻莲喻男女爱情；借葫芦、石榴多籽盼望多子多福；借大枣、花生、桂圆、莲子之名，取其谐音，寓意早（枣）生贵（桂）子。

四是独特的香韵特征。庆阳是中国医学鼻祖岐伯的故乡，因黄帝与之坐而论医，遂有《黄帝内经》名世，所以这里是中华医学的发源地。传说岐伯在世时，教民众将配制成方的中草药盛在用布做成的袋子里随身携带，以达到防疫驱瘟、强身的作用。这一做法今天仍然保留在庆阳香包的制作中。所以，庆阳香包除形态艳丽之外，还随风生香。"香"是庆阳香包绵延千年的灵魂。独特的香韵特征，使庆阳香包成为世界民俗文化艺术园地中的一朵奇葩。

一年一度的端午节，是庆阳香包艺术的大博览，大人送小孩，晚辈送长辈，姑娘送情哥，香包成为庆阳人互赠吉祥、渴求幸福、传情达意的美好化身……随着时代的发展，庆阳香包制作已不再受时令季节的限制，开始变成商品，走向市场，并逐步形成产业。

庆阳香包以独特的文化内涵、造型手法和香韵特征，赢得了社会各界和国内外专家们的一致赞誉和肯定，并被列入第一批《国家级非物质文化遗产名录》。薄一波为庆阳香包题词"庆阳香包甲天下"。中央美术学院教授、民俗学专家靳之林先生，多次来庆阳搜集研究庆阳香包。2002年，中国民俗学会命名庆阳市为"中国香包刺绣之乡"。2008年9月，国际亚细亚民俗学会正式将庆阳市命名为"亚洲传统手工技艺文化名城"。

·摘自《读者》（乡土人文版）2009年第9期·

"名楼"荟萃农家院
——丁武明和他的微缩古建筑博物馆

王笃宽

丁武明，1955年生于兰州市榆中县夏官营镇红柳沟村，是"榆中县古建筑模型制作技艺"第五代传人，甘肃省工艺美术大师。

美轮美奂的古建筑模型

丁武明的微缩古建筑博物馆坐落在兰州市榆中县县城东边的一片居民区，是一院四围两层飞檐翘角的高楼。走进博物馆的二楼展厅，有如走进了中国古建筑大观园。左侧为气势雄浑的嘉峪关古城，右侧为北京天安门、湖南岳阳楼、武汉黄鹤楼、江西滕王阁、成都望江楼等，可谓名楼荟萃、流光溢彩、美轮美奂。置身其间，仿佛正在观看"衔远山，吞长江，浩浩汤汤，横无际涯；朝晖夕阴，气象万千"的洞庭盛况，一转眼又突现"落霞与孤鹜齐飞，秋水共长天一色"的赣江胜景，让人叹为观止。其中一件用黑檀木制作的"北京天坛·祈年殿"于2011年7月被中国国家博物馆收藏，馆长吕章申评价其为"不仅充实了馆内当代工艺美术作品的收藏，也对继承、弘扬我国优秀的非物质文化遗产，进一步研究、发展我国木雕艺术有着重要意义"。

在冬日的暖阳下，丁武明的几个徒弟正在工作室里精心加工着部件，一座鹳雀楼的模型接近完工。丁武明说，鹳雀楼将于2016年4月制作完工。届时，他运筹已久、精雕细刻的中国古代四大名楼就齐全了。

从农村木匠到非遗大师

出生于木匠世家的丁武明，在父亲日复一日的木活声中长大，他十三四岁时就制作出了自己的第一件作品——一把靠背椅，这给了他极大的信心，也更加激发了他对木工这个行业的兴趣。1971年，初中毕业的丁武明正式开始了他的木匠生涯，重病中的父亲忍着病痛坚持给他指导，使他的技艺有了很大长进。

成为了木匠的丁武明，除了帮助村里人盖房以外，还外出揽工。1983年，在嘉峪关揽工的丁武明利用工余时间来到嘉峪关城楼观光，气势宏阔、结构精巧的边塞关城令他如痴如醉。想起父亲以前给大户人家盖房时制作的3间堂屋模型，这个外地来的木匠犯起了"职业病"，他萌生了将嘉峪关城楼"搬回家"的想法。那时，他和妻子一有时间就往城楼跑，先后不下十次，实地测量开间、跨度等尺寸，收集相关资料，并拍摄了大量照片，掌握了第一手资料。

冬天建筑工地停工后，丁武明回到老家，利用冬闲时间研制嘉峪关古城模型，3年后，他采用斗拱支架、卯榫连接的传统建筑工艺制作的第一件微缩古建筑成功面世，其梁架、垂柱、栏杆、斗拱等和原建筑高度吻合。在嘉峪关古城模型制作过程中，他越来越强烈地感觉到中国古代建筑工艺的珍贵，他有了全身心投入微缩古建筑制作的想法，从2005年开始，一改多年利用冬闲时间围着火炉"叨着做"的方式，走上了专业化制作之路。

多年来，为了实地采集各大名楼的数据资料，确保数据的准确无误，丁武明的足迹遍布全国多个省份。"好多建筑都有资料数据，但不一定准确，必须经过实地丈量、测算才能够放心去做。一次，我和徒弟一行三人用了整整一个星期才完成对黄鹤楼的丈量工作。"有的建筑，要取得相关数据就更难。比如上海的龙华塔因是危楼不能靠近，陇西威远楼和靖远城楼也都不对外开放。"有些实际量不到的尺寸，全凭眼睛和现有的数据进行估算，若是算不准，肯定做不好。"

长期从事建筑行业的丁武明练就了目测估算的本领，师徒三人同时目测，然后将测算数据写在纸上"相互碰"。"大多时候都能碰上。而且知道了外观尺寸，就可以破解其内部结构。"丁武明自信地说。

对丁武明来说，制作前的绘图是最煎熬的。由于他采用的是传统手工制图，颇费工夫，仅黄鹤楼的图纸就花了一个半月时间。在制作工艺上，"斗拱"的拼接是最难的部分。斗拱是在古建筑中的立柱顶、额枋和檐檩间或构架间的部件，有的不到一厘米。丁武明说，制作古建筑模型需"胸有成竹"，脑中对建筑的高度、宽度，甚至每一个楼宇的转角都要烂熟于心，不能有丝毫差错。他制作的古建筑模型有 90 多个，大到一梁一柱，小到一门一窗，无论是外部还是内部，不管是风格还是比例，在建筑结构和制作方法上都与原建筑一模一样。

这 10 年的时间过得太快，用丁武明的话说，还原古建筑技术是他日思夜想的事情，年节根本与他无关，大年三十照样把活做，很多时候感觉刚吃完午饭，不经意间又到了晚饭时间。为了画好图纸，他连过马路都在想着建筑的结构，晚上睡不着觉，凌晨两三点就起来坐在客厅想，最后只有倒一杯酒喝下去，才能借着酒力晕乎乎地睡去。100 多年前，身怀绝技的榆中民间老艺人朱宗良创作了大量以兴隆山古建筑为蓝本的木质模型，历经几代传承人的艰苦创业，积累了丰富、宝贵的创作经验，终成为体系完善、工艺精湛、内涵丰富的艺术门类。功夫不负有心人，在丁武明的努力下，榆中古建模型制作工艺和创作题材均取得了长足发展，"榆中古建模型制作技艺"先后列入榆中县、兰州市和甘肃省非物质文化遗产名录，他本人也荣获"甘肃省工艺美术大师"称号。

让更多人了解中国古建筑

丁武明说，他制作的古建筑模型体现了古代建筑的原始技术，这纯粹是他的兴趣爱好。2009年，他投入120万元，在榆中县县城东边的居民区购买了一块2亩的旧院落，在6年时间内先后投入800余万元，新建了建筑面积1800平方米的四合院，建立了更大的工作室，将自己制作的90多件古建模型全部陈列在里边。

2012年，兰州市非物质文化遗产中心建立榆中古建筑模型制作技艺传习所，由丁武明主持。谈到未来的打算，丁武明信心十足，因为国家对非物质文化遗产的保护一年比一年重视。中国古代建筑代表着古代中国人的聪明和智慧，他的目标是结合自己的兴趣爱好，把精美的中国古建筑制作技艺通过建筑模型极具真实感地保存下来，让更多的人了解中国古代建筑。

·摘自《读者》（乡土人文版）2009年第2期·

"太平鼓王"魏永宏：愿用一生传承太平鼓

孔德胜

出生于 1952 年的魏永宏是甘肃省兰州市皋兰县人，被省、市、县多次评为"优秀共产党员""优秀非遗传承人"。2016 年被兰州市政府评为"金城文化名家"，2017 年被评为"兰州好人""中国好人"。2017 年 12 月 28 日被文化部评为国家级非物质文化遗产代表性传承人。他制作的太平鼓有"神韵"，能舞出西北人的生活和情感。

"太平鼓是我的根"

兰州太平鼓是一种拥有 600 多年历史的传统鼓舞，素有"天下第一鼓"之称。作为兰州地区城乡人民喜爱的民间表演形式之一，太平鼓含有庆贺新年太平之意。每逢重大庆典活动，兰州太平鼓表演都是整个活动的高潮部分，那铿锵有力的鼓点，体现出浓厚的西北特色和艺术魅力，也彰显了黄河之滨人民的英雄气魄。

走进"太平鼓王"魏永宏位于兰州市中山林十字的店面，满眼望去都是鼓，各式各样，种类繁多，其中尤以太平鼓最多。魏永宏笑着说："我的专长就是做鼓，根据市场需求，我什么鼓都会做。但太平鼓是我的根，制作好、传承好太平鼓是我毕生的愿望。"

魏永宏出生在皋兰县黑石镇大横村，他小时候与太平鼓并没有什么缘分，最多就是在逢年过节的社火中看到过，但他从小就喜欢做木工，也因此在 16 岁时考入皋兰县的木工班学习。魏永宏回忆说："当时木工班有 30 多名学生，我岁数最小，但学得最认真，老师也对我青睐有加，传授了不少木工的本事。"木工，看似与太平鼓没有什么联系，但魏永宏正是因为木工这门手艺，与太平鼓结下了一辈子的缘分。那是在 1980 年，土地下放，生活好了起来，人们也开始想方设法去挣钱，魏永宏在木工班的同学基本上都转行了。当时的魏永宏思想也发生了变化，但他并不想放弃木工这门手艺，因为他是真心喜欢这个行业，学得也比较透彻，将这门手艺丢了，他感觉太可惜了。于是，魏永宏就想着如何既不荒废这门手艺，又可以做得独特。

终于，皋兰县各乡村打起来的太平鼓进入了他的视线。魏永宏说："乡亲们要打太平鼓，总要有鼓才行，当时皋兰已经没有人能做太平鼓了，只能从上海去定做，但那边的人并不了解太平鼓，虽有其型但并不好用，没使用多久就破了。我找来一面打破的'上海鼓'，与自家村上老祖先留下的老鼓进行比对，通过对两面鼓的细致研究，取长补短，我终于做出了自己的太平鼓。"

"不仅是在兰州本地，即使是在西北五省，靠手工制鼓的人也寥寥无几。"这是魏永宏做鼓几十年来为之骄傲的事情。在做太平鼓的初期，正是这个"手工活"让他做的太平鼓受到了大家的喜爱。魏永宏说："做鼓除了不想丢掉手艺，就是要进行销售。记得在 1986 年，县文化馆负责人来到我家，他们对我设计制作的太平鼓非常看好，就签了售卖协议，这才让我做的太平鼓有了市场。"

"给鼓'减肥'，是为了让太平鼓更能展示它的魅力"。魏永宏研究太平鼓不是一蹴而就的，从开始到现在有过 3 次较大的改动。魏永宏说：

"做太平鼓为了什么？不就是表演吗？但老祖宗留下的鼓都要二三十斤，不要说表演套路了，就是背着边走边打都不容易。因此，我研究太平鼓，首先就是给它'减肥'，为此我有过3次改动，第一次把鼓改为直径42厘米，鼓长72厘米，鼓重不到6公斤；第二次把鼓改为直径40厘米，长70厘米，鼓重5公斤；第三次是为参加亚运会进行的改造，改成直径38厘米，长70厘米，鼓重只有4.5公斤，而且为了方便表演者打高鼓，做出翻鹞子、二踢腿等高难度动作，我还在鼓身的中间加了两个环子，方便表演者把握。"给鼓"减肥"，听似简单，但"减肥"的工艺非常复杂。魏永宏介绍说："老鼓为什么重，不仅因为鼓筒子的木皮厚，做好鼓筒子还要在外面缠一层麻，缠了麻，表面不平又打腻子，这能不重吗？我将麻改成了布，重量一下就减了下来。再如，我做的鼓不仅要将鼓筒子里面刨光，还要裱三层麻纸，就是为了密封，而且不变形。再刷一层涂层，有了这层涂层，对着鼓筒子说话就有了'空音'。总之，所有改动都是为了让太平鼓更能展示它的魅力。"

现如今的太平鼓样式，是在1990年成型的，这个年份为何如此重要呢？因为在使用了当地自产的太平鼓后，皋兰的太平鼓表演被广泛传播并受到关注，1990年是皋兰太平鼓最扬眉吐气的一年，皋兰太平鼓作为表演项目走上了亚运会的舞台，由魏永宏制作的100多面太平鼓第一次代表中国登上了亚洲舞台，一度被誉为"天下第一鼓"。魏永宏对这段经历异常难忘，他说："太平鼓能上亚运会，这本身就是一种荣誉，更是对太平鼓表演，甚至是对太平鼓本身的一种肯定。那一年，推荐太平鼓表演的许琪老师为太平鼓做了很多工作，首先是集合多种鼓的打法，为太平鼓设计出了属于自己的阵法、套路，其次提议为太平鼓进行一次改动，适合表演。"

"我是'匠人',将太平鼓传承下去是我的责任"。亚运会上的一鸣惊人,让太平鼓名声大噪,关注的人越来越多,此时魏永宏也发现,仅仅是制作和销售太平鼓已经不足以满足太平鼓的发展需要。2000年,在儿子的帮助下,魏永宏成立了太平鼓队,将参加亚运会的鼓手都吸纳进队伍,真正开始了制作、销售、表演的一条龙服务。也正因为魏永宏为太平鼓做出的贡献,2006年5月20日,经国务院批准,兰州太平鼓被列入第一批《国家级非物质文化遗产名录》。

之后,魏永宏被评为"优秀共产党员""金城名家""兰州好人""中国好人",并于2017年12月28日被文化部评为国家级非物质文化遗产代表性传承人。

荣誉背后是责任,有着"匠人精神"的魏永宏在获得了众多荣誉的同时,也深深感受到了自己肩负的责任。他说:"我是个'匠人',一开始心里想的就是如何把太平鼓做好,现在我有了很多荣誉,在做好鼓的同时,如何将太平鼓传承下去是我的责任。现在农村里留不住年轻人,都去外面打工了,太平鼓的传承一度非常困难,也让我忧心忡忡。

好在2015年开始的'非遗进校园活动'终于让我找到方向,现在很多学校都开展了太平鼓课程,我表演队的教练、队员经常要到学校去授课,老师、家长、孩子都非常喜欢,'一切从娃娃抓起'是很好的事情啊!为了能满足孩子们打鼓的需求,我生产的鼓现在分五个型号,一是给成年男子用的;二是给女子用的;三是给高年级学生用的;四是给低年级学生用的;五号鼓只有腰鼓那么大,是专门给幼儿园的小朋友们用的。每当看着孩子们拿着自己的太平鼓在那里敲敲打打,我的心里就特别高兴。"

说起太平鼓走进校园时,魏永宏的脸上始终带着兴奋,可以看出他真正找到了将太平鼓这门技艺传承下去的方法与方向。魏永宏说:"现在我计划出 3 本书,其一是关于太平鼓最古老打法的研究和整理;其二是太平鼓的现代打法,其中包含太平鼓制作的内容;其三就是学生教材,让学生们有理论依据。现在这 3 本书的写作进展都很顺利,预计今年年底将出版发行。"

·摘自《读者欣赏》2018 年第 10 期·

打　铁

南在南方

　　有一阵子，我想着长大要当个铁匠，没事就去看铁匠打铁。铁匠问："想学打铁啊？"我一个劲儿地点头。

　　我想打一把剑。那时候迷李白，"宁知草间人，腰下有龙泉"；也迷金庸，觉得长剑在手是件妙事，遇到恶棍欺负良家女子，剑光一闪，万事大吉，那女子梨花带雨地说一句："小女子无以为报，只有以身相许。"嘿！

　　只是我到底没有学打铁，自然也没有宝剑，但是那个心情好像一直在。我后来写了一篇武侠小说，讲一个少年声震江湖，遇敌只使三剑，三剑过后，就是孤独，因为没有人抵挡得了他那三剑。后来，他使出了第四剑，因为一个女人，第四剑他刺向自己。他死了，我的宝剑梦也醒了。

　　只是，我还是喜欢看打铁。

　　铁匠铺子差不多都不摆在家里，一则灰尘大，二则嘈杂。

　　一般的铁匠，在离家不远处搭一个棚子。盘好炉子，风箱的风口对好，离炉子三尺，大圆木夯实，给铁砧当底座。要想稳固，还得掘地三尺，找块有平面的石头垫着，再竖圆木头，四周用小石头和泥砸结实。其他的工具——各种锤子、钳子，放在顺手的地方。

　　一般的铁匠都有学徒，拉拉风箱，跟师傅拼锤。打大铁器要抡大锤，这活儿由徒弟来干，师傅抡小锤，小锤除了造型之外，兼有指挥功能，小锤打哪儿,大锤打哪儿,要是铁匠的小锤在铁砧上敲,意思是大锤可以歇了。

铁在炉子里,开始是青黑,渐渐变成明黑,一点儿一点儿红了,铁匠给它翻个身,或者交代拉风箱的要劲儿大一点儿。等铁烧得红通通的,好像起了层白灰,铁匠把铁夹住,放在砧上,趁热打铁呀。

这时打铁,只是扑扑的声音,软软的、亮亮的铁屑四散,铁匠的皮围裙总是有星星点点的焦黄。打着打着,声音响起来,最后才是叮当、叮当。

一件铁器差不多都要千锤百炼,浴火重生还不够,还得淬火,浸在水里,让它变硬。这是个技术活儿,淬得过了,铁器容易崩口;没淬够,铁器又容易卷口。时间长短,铁匠才有心得。

我们那儿现在没有铁匠,最后一位铁匠前年过世了。他想收徒弟,只是这活儿太累,没有人来学。这样,铁匠铺子就冷了。

我叫他二伯。他只是打铁,不卖铁器。乡村用的镰刀、砍刀、犁铧、锥子、剪子、火剪、钻子,他个个会打,只是得乡邻自己找铁,背了木炭去他的铺子,请他来打。有时并不打新的,只是要补点儿钢,也是他来补。

木炭要硬木的,并不直接上炉,得提点儿水来,和点儿稀泥,让木炭在泥巴里滚一滚,铁匠说这样火力强。

他很少收钱,只是换工,春种秋收时,来帮个忙就行了。原始的手艺,原始的做派,让人感喟不已。

除了打铁,他还会点儿中医,尤其接骨在行。人也好,牲口也好,总有失足的时候,去请他,他上山去采草药,接上骨了,再将草药敷了,管用。他还有一个土方,跟打铁有关,谁家的小孩儿夜哭不止,他从铁砧边捏一撮儿铁末儿,让带回家熬水喝,听说有效。

前两天翻《本草纲目》,忽然看到"铁落"一条,如下:

亦名铁液、铁屑、铁蛾。打铁时,火花散飞,细微如屑,飞动如蛾。辛、平、无毒。小儿丹毒,用铁落研细,调猪油涂搽;善怒发狂,惊邪癫,用铁落煎水服。

想来,他有他的道理。

打铁是种古老的职业,古人中,最有名的铁匠要数"竹林七贤"之首的嵇康了。嵇康名声在外,"官二代"钟会想要结交他,去时,他在打铁,把钟会晾在一边。钟会等了很久,他只是打铁,钟会正要离去,他问:"何所闻而来?何所见而去?"多少有些挑衅。钟会说:"闻所闻而来,见所见而去!"当时肯定是气急败坏。

吕巽占了弟弟吕安的妻子,吕氏兄弟都是嵇康的好友,他从中调停,不想吕巽上告朝廷说吕安不孝,吕安因此入狱,他写下《与吕长悌绝交书》大骂吕巽。嵇康又给吕安写信劝慰,吕安回信里有"平涤九区,恢维宇宙",又因言获罪。嵇康上堂为他作证,结果同获死罪。判者虽乃"司马昭之心,路人皆知",但钟会也没少进言,《晋书》所记钟会说:"今不诛康,无以清洁王道……"于是,嵇康被斩。

《广陵散》自此成了绝响,这个著名的铁匠在打铁时,不知心里是否掠过它的旋律。

这算是铁匠中的异类,其余的铁匠,虽说打铁必然自身硬,可硬不过时间。只是乡间没有铁匠,这有点儿难堪。

这两天,翻看民国老课本,其中有一篇《打铁》:"朝打铁,晚打铁,天天在家学打铁,打把锄头送姐夫,打把剪刀送姐姐。姐夫陪我玩,姐姐陪我歇,我不玩,我不歇,我要回家学打铁。"

咧嘴一乐,真可爱。

·摘自《 》 年第 期·

感悟惠山泥人

徐诚一

江苏无锡是我国民间艺术惠山泥人的产地。惠山泥人以传神写意闻名，与写实细腻的天津泥人张南北呼应，代表着我国民间泥塑艺术的最高水平。地方志记载，无锡惠山地区有一些专门从事手捏的艺人经常携带泥块走街串巷，遇到生动有趣的对象就一边与其交谈，一边双手藏在袖管里凭感觉捏塑，几分钟后就能把对方捏得活灵活现。《兰舫笔记》也曾记载这些艺人的高超技艺。江浙一带有让民间艺人捏塑自己的肖像，传给后代子孙留做纪念的风俗。明代时这种技艺更趋成熟，并且逐渐向戏文等故事题材发展。

惠山泥人有其丰富独特的捏塑技巧，如"搭搭满、细细减、色色爆"等。还有许多相传的口诀，如"填白补空，密不通风"、"紧缩间距，有疏有密"、"部位不移，提高压低"等。惠山泥人注重生活题材的挖掘和大众的审美情趣，泥人品位是雅俗共赏、老少皆宜，具有广泛的大众性和传播性，如"皮老虎"、"鸡叫叫"、"小青牛"等。它完全打破了以前传统泥塑的陈规旧习，突破了具象的客观法则和时空限制，成为主客观因素紧密结合，百姓喜闻乐见的民间艺术样式。惠山泥人注重对生活的细致观察、概括提炼与夸张变形，运用手捏形式直接塑造，尤其是对人物形象的捏塑要求栩栩如生，所捏泥人要如闻其声、如见其面、如对其人，即形神毕现。惠山泥人充分吸收了中国传统绘画、地方戏曲以及其他民间艺术的精髓，强调泥人要神气"活"现，充分把握了作品中人物喜怒哀乐的各种神态表情特征，深入挖掘了生活中人物的内心世界，使人物的身份和神情相吻合，从而达到了以形写神的艺术效果。

我的家乡在无锡，正是家乡人文地域环境的熏陶与影响，使我很早就对惠山泥人产生深厚的感情，并有缘在惠山泥人的故乡从事雕塑课程教学和雕塑创作实践。回无锡工作后，惠山泥人更勾起我对民间艺术的无限眷恋之情。

惠山泥人的形式风格是经过很多代民间艺人不断总结提高才逐渐成熟的，那种神韵气息不是刻意制作就能够营造的，而是包含着无数民间艺人执著朴实的人格精神。在现实生活中他们铸就了宽厚善良的品质，作品表现出高尚的道德情操和坦荡襟怀，反映出底层平民的生活。这种由生活中磨炼出的民间艺人明朗积极的人生观和世界观，也不是通过简单观摩就能体验到的。我逐渐感悟到，艺术创作的品位首先取决于一种对生活的立场与态度，取决于一种思想观念与价值取向。惠山泥人集中着民间艺人世代的聪明智慧，具备着艺术上的成熟，并且形成了一套独特的造型模式和形式风格。惠山泥人可贵之处在于艺术的自然属性，它反映着民间艺人特定文化环境中的审美心理和精神需求。

立足民间艺术，把对民间惠山泥人的学习吸收视为一种自觉；打破雕塑创作的禁锢，追求个性的解放是学习民间艺术的意义所在。随着时代的发展，人们已不再像以往那样，用单一的模式尺度来衡量雕塑的所谓正统与纯粹，而是呈现出表现形式的丰富和多元，更多地把目光从"现象"移至"本质"更多关注雕塑本体语言的表达。

我想既然民间传统的雕塑能在千百年的发展变化中，依然以其旺盛的生命力保持着艺术的本源，那么中国雕塑就应该从传统民间文化中吸取营养，扎根于本土文化的土壤，从而摆脱困境。在人类艺术发展不平衡的状态下，中西雕塑文化的碰撞会加速各自的变异，西方现代雕塑艺术大师受东方艺术、非洲艺术的启迪，创造出透射着西方心理意识的现代雕塑艺术。而我们基于民族的本土，寻找的则应该是透过民间艺术体现的一种民族精神本质。

民间艺术是历史文化在民众当中的一种延续，并以它特有的生存方式显现出生命力。惠山泥人所表现的内容大都来源于民间现实生活，但又不是简单直观的模拟再现，而是超越客观局限，并大胆吸收如京剧、昆曲等其他艺术养分，通过独具匠心的艺术处理，来改变自然原型的惯常样式，从而达到出神入化的艺术境界。艺人们十分重视创作过程中的心境，并自觉地把惠山泥人的创作过程视为一种心灵的美好享受。艺人们所具有的这种创作心境，正是我们所缺乏的。惠山泥人艺术没有我们在雕塑创作中那种苦苦推究作品的刻意和严谨，没有那种绞尽脑汁去拼凑强化作品的主题和寓意，由于艺人们的心中无所顾忌，所以他们的作品没有程式，有的只是返璞归真的心态，即任情感自然地流露和表达，这就决定了惠山泥人的随意性、生动性和原创性。

对于惠山泥人的学习不能仅仅拘泥于他们的现有形式技能，更主要的在于摄取其作品中所体现出来的非功利性和主观心理性，以及他们观察世界的天真品性和表现自然的审美理念，并将其审美理念不断延续，努力做到这种审美理念和当今现实生活的自然沟通。我们在雕塑创作中对生活的观察体验，这种审美理念即惠山泥人中的那份自然、质朴和真诚，那份天真活泼、率真显露的童趣之心。

·摘自《读者·乡土人文》2005 年第 13 期·

黄永松：四十年守望民间

徐晋林

也许你没听说过黄永松，但你一定知道"中国结"。

说到黄永松，不能不提到《汉声》杂志，还有这本杂志的发起人吴美云。那是一个在美国长大的女孩子，书读得好，写作能力强，但常常被误认为是日本人。正是这种经历，促使她想创办一本介绍中国文化的杂志。而她能想到的合作人就是那个做过摄影师、导演的黄永松。而此时的黄永松正在台北和另一个导演拍摄一部关于中国戏曲京剧的纪录片。那富有生机的体现东方美学的戏曲艺术，深深震撼了一直接受现代美术教育的黄永松，同时他也痛心于这些艺术正在一点点湮灭。正是这份不谋而合的机缘，最终撞击出《汉声》这本反映民间文化的杂志来。

1971 年，吴美云和黄永松创办的英文版《汉声》——《ECHO》出版了。它一面世就以其独特的民族气息吸引了众多的目光，当时销往三十多个国家。1978 年，他们又创办了中文版《汉声》杂志。如果说英文版的《汉声》是东西方文化的横向交流，那么中文版的《汉声》则是传统文化与现代文化的纵向衔接。"历史像头，现代像脚"，有头有脚，却没肚腹，他们要做出一个把二者相连的肚腹。正是秉持着这样一种信念，他们才一直坚持做到今天，整整 40 年。

让黄永松自己也料想不到的是，在后来 30 多年的时间里，他的足迹将会随着《汉声》走出台湾，走遍中国内地的乡野和村落。米食、面食、风筝、泥塑、北方的农家土炕、陕北的剪纸、贵州的蜡花……一个题目都曾是《汉声》杂志一期精美的专辑。黄永松在民间采集中亲身经历和感受到的人和事，那些可触可感、可亲可爱的活生生的故事，常常令他难忘。

我把灵魂留下来，身体给你

黄永松从典籍资料上查到了一种蜡染的古法，听说这种古法贵州尚存，他很兴奋。随后他走遍了黔东、黔南、黔西、黔北，寻找这种用木蜡和竹刀制作的蜡染，最终在黔东南地区麻江县龙山乡的青坪村找到了绕家的这种蜡染古法。青坪村绕家多长寿老人，其中有一位 102 岁的曹汝讲老太太。她的曾孙龙帮平和她住在一起。老人耳聪目明，虽然佝偻着腰，可身手敏捷，不需要年轻人照顾。她翻箱倒柜找出自己 90 岁时以古老的竹刀、木蜡绘成的背扇。这件点蜡之作，画面以螺丝花为主纹样，四周配置狗牙板。螺丝花宛转流畅，左右顾盼，她又在中心花头上略加三刀，形象似花似鸟。整件作品可谓鸟鸣花香，满幅春光。这就是这位满脸写尽沧桑的百岁老人的内心世界吗？看到这件作品后黄永松非常兴奋。他正准备在台北筹办一个"中国蓝印花布"的展览，为展览所需，就想购买一件。他和他的团队从不搞收藏，每次展览都是从收藏家那里借来的。这一点深受李济先生的影响。

李济先生是著名的人类学家，殷墟的考古挖掘者。他一辈子考古，却从不收藏古物。对此黄永松深有感触，因为在民间这么多年，他碰到了很多古物被买卖的事。但是，这一次展览中独独缺这种"竹刀木蜡"

古法制作的作品，他很想带一块回去丰富展览，这也是他唯一一次破例。和老人的曾孙商量后，曾孙同意转让一件背扇给他。当他拿着这件背扇离开时，突然看到老人佝偻着腰追出来，边喃喃自语边冲过来，目标锁定了黄永松。黄永松不明所以，只有后退，老人却抢回了自己的背扇。只见她的曾孙一个箭步冲到老人身旁，嘴里同样说着什么，又是一番言语一番拉扯。老人三番五次将背扇抢了回去，再由她的曾孙送来，最终，老人用剪刀剪下背扇边缘的一小块布后对黄永松说："我把灵魂留下来，身体给你！"然后不舍地离去。老人对自己作品的情感，让黄永松深受感动。对老人来讲那是与生命相关联的物品，是有灵魂的。

请认购一条夹缬吧

夹缬是中国一种古老的服装印染技术，曾在唐朝辉煌一时，唐代诗人白居易曾吟咏："成都新夹缬，梁汉碎胭脂。"可惜的是，夹缬在宋代以后逐渐式微，时至今日，这门独特技艺早已失传成谜。黄永松在1997年时听说此项工艺在浙江南部苍南县宜山镇的八岱村尚存，就迅速赶到那里。在那里刚染制好的蓝花夹缬在作坊外的稻田边被摊开来晾晒。平生第一次看到古老夹缬工艺的他有一种得偿宿愿的感动。他和他的团队在那里驻扎了四天，把这项印染技术的每一道工序都完整地记录了下来。当他做完调查之后，染坊主人薛勋郎师傅却说："这是最后一条夹缬了，以后不再做啦！就要打掉这个染缸了。"难道所见的第一条夹缬，竟是最后一条了？染坊主人准备关闭这个可能是中国现存的最后一个夹缬作坊，原因是这种布已经没人买了。他问染坊主人："可不可以让它保留？"主人说："不行，我们不能靠这个生活了。"他想，在唐代绽放奇光异彩，在民间默默传承的古老夹缬工艺，竟从此要在中国消失绝迹！他为之痛心不已。"要卖出多少货,才能维持作坊营运?"他不死心地追问。薛勋郎师傅沉吟一下说:"一年至少要卖出一千条。""一千条?"一条夹缬有8到10米长,他的头脑里浮现出一千条美丽的《百子图敲花被》来。在这个世界上,一定有千位以上爱好传统民艺、愿以手工夹缬来点缀平淡无味的现代生活的人士吧?想了想,他毅然决然地对薛勋郎说:"一千条,我们订了!"为延续作坊一年的寿命,《汉声》竟成了千条夹缬的认购者。回到台湾后,他就在《汉声》杂志的开篇,写下一篇名为"千条夹缬"的声明,希望那些不想看到这一传统工艺消失的人认购一条夹缬。没想到,杂志出版后,千条夹缬竟然供不应求,被抢购一空。现在,夹缬不但在继续生产,而且已经成为民间工艺品,为越来越多的人所喜爱。2005年,浙南夹缬被列入浙江省非物质文化遗产保护名录。

红遍世界的中国结

黄永松在一次民间考察时,偶尔看到一家农户的床幔上挂着一件好看的饰品,不知为何物。这家人告诉他那是"结"。他觉得这些藏在民间的小饰品很有意思,并觉得这种"结"很含蓄,蕴涵中国美学的意味——退一步,顾全大局,烘托主角的成人之美。道家就有这个思想:退一步海阔天空,退一步美不胜收,退一步余味无穷。这些思想在这个物品上被充分表现出来。他非常喜欢,回去后就把这种"结艺"定为选题,从此开始四处寻访会打结的人。为整理中国传统的"艺",把所有形式的中国结艺都搜集起来,他遍寻台湾会编结的老奶奶,一样一样地学,一步一步地记录。后来,他又找到台北"故宫博物院"的老工友,跟他们学习许多古代宫廷的编结工艺。经过四五年的时间,从民间最常见的纽扣结到台北"故宫博物院"珍藏的玉如意上挂的结饰,都被他挖掘整理出来，最终把编结艺术总结成 11 种基本结，14 种变化结，并将其命名为"中国结"。1981 年，《汉声》出版《中国结》专辑，随后又有英文版、德文版面世。由于它富有民族韵味，又简单易学，深受人们的喜爱。从此"中国结"红遍了世界的每一个角落，也成为中国传统文化的一种象征。

建立民间文化基因库

那还是早在 1981 年《中国结》的德文版即将付梓之际，黄永松赴德国进行编辑间的磋商。这次磋商交流，深深触动了黄永松，这也促使他致力于建立一个民间文化基因库。目前，这个基因库中已有 5 大种、10 类、56 项共计几百个民间传统文化项目。

2005 年，美国《时代》周刊刊登了一年一度的"亚洲之最"指南，其中中国台湾的《汉声》杂志被誉为"给内行看的最佳出版物"。2006 年，《汉声》杂志的创办者黄永松又被冯骥才基金会授予"中国民间守望者奖"。其《曹雪芹扎燕风筝谱》获 2006 年"中国最美的书"奖。创刊于 1971 年的《汉声》杂志在 40 年之后再次掀起世界关注中国民间文化的热潮，而其创办者黄永松也 40 年如一日地践行着全面记录和保护中国民间传统文化的诺言。

·摘自《读者》2011 年第 19 期·

灵宝的民间刺绣

倪宝诚

宋绣的深远影响

刺绣是用各色丝线、绒线、棉线或金线、银线等，在绸缎、布帛等纺织品上，绣出人物、纹饰、花鸟鱼虫等，史书称这种工艺为"刺绣"，民间称为"绣花"。

相传刺绣始于舜的时代，周代已有"画绣之工共其职也"的说法。又据《尚书》记载："衣画而裳绣。"《诗经》中就多次提到过服饰、刺绣所用的色彩。

目前，人们所能见到的我国最早的刺绣实物，是 1958 年在湖南长沙楚墓中出土的春秋时代的绣品，它是在细密的丝绢上绣出的龙凤纹饰，绣工的绝妙令人赞叹。1972 年，在长沙马王堆的西汉古墓中，又出土了 40 件绣衣和一幅装饰内棺的铺绒绣锦，其图案纹饰之优美、针法之精妙，更是无与伦比。

唐宋时期，由于经济繁荣，文化振兴，织绣业空前发展。宋朝都城汴京（今开封市）设有府监，主管丝织印染，专门生产供皇室和臣僚们享用的高级纺织品和绣品。宋绣（汴绣），成为宋代民间文化发展史上一个精致的艺术门类。

为适应宋代节日习俗和商品经济日益发展的需求，以民间绣工为主体的京都刺绣，已经形成了系统、完善的刺绣技法和技巧，后人称之为"汴绣"。朱启钤在《丝绣笔记》一书中对汴绣评价道："针线细密，用绒止一二丝，用针如发细者为之。设色精妙，光彩射目。山水分远近之趣，花鸟极绰约嗝啾之态。其佳者较画更胜，望之三趣悉备，十指春风，盖至此乎！"当时以观赏为主的"双面绣"，至今仍然是开封汴绣的绝活儿。就宋绣的针法而论，已发展到相当成熟的阶段，除平绣针法之外，已经出现了滚针、套针、抢针、旋针、网绣、打籽绣、反戗、衬金、盘金、戳纱等多套路针法，为日后中国南北刺绣的成熟和发展奠定了基础。

　　宋徽宗时期，汴京城内聚居着大批以刺绣为生的"民间绣户"，其中也包括京都寺院中兼做刺绣的"师姑"（尼姑）。据《东京梦华录》记载，当时汴京大相国寺东门大街的小巷称"绣巷"，为众师姑们的绣作居所，俨然是汴京的民间绣作中心。

　　金兵入侵，宋廷南迁，大批刺绣艺人南下逃亡，江南的刺绣工艺随之兴起，逐渐形成了苏、湘、蜀、粤四大名绣。而流传在中州大地的宋绣，却在广大农村生根、开花、结果，成为中原优秀民间文化传统中的一份珍贵遗产。

　　流传在河南各地的民间刺绣中，以灵宝地区的民间刺绣较为著名。灵宝位于河南西部，南依秦岭，北临黄河，地处豫、陕、晋三省交界的黄土塬上，历史悠久，民风淳朴。汉元鼎三年（前114年）建弘农县，唐天宝元年（742年）改名灵宝县，顾名思义：物华天宝，人杰地灵。

新媳妇争当"巧手婆娘"

　　灵宝的妇女人人心灵手巧，擅长剪纸和刺绣，手艺大多是"母女相传，族亲相授"。这里的农村姑娘们很早便开始学习剪花、绣花、挑花和架花，着手为自己准备嫁衣和各类婚后实用绣品。按当地的习俗，男女举行婚礼时，在新娘的嫁妆中，除箱柜、被褥外，其他全部是新娘的绣品，如婚服、披肩、衣裙、枕顶、床饰、帐沿儿、门帘、桌围、椅垫、绣花鞋及各式鞋垫、袜底等，应有尽有。还有孝敬公公的烟布袋，各种荷包（烟荷包、香荷包、钱荷包）、褡裢、绣花手帕等，样样不能少，都是新媳妇过门后，拜见公婆及亲属长辈、接待妯娌和姑嫂的见面礼，并以此向公婆和前来贺喜的亲友们显示自己心灵手巧、会过日子，给婆家留下个好印象、好口碑。同时，也为新媳妇日后在村里的社会地位奠定良好的基础。所以，新媳妇都争当"巧手婆娘"，并以此为荣。

刺绣与灵宝民俗

灵宝的民间刺绣与当地的民俗关系极为密切，它充分表现了豫西一带的地域文化和民俗特征。当地妇女根据不同的节令和老一辈传下来的民间习俗，绣制出多种多样具有不同内涵的实用物品和布制玩具。当新春佳节来临之际，母亲们穿针引线，忙着为孩子们绣制出一件件节日的礼物——布娃娃、布老虎、虎头鞋、虎头帽、小牛、小猪、小羊、小狮、小玉兔等。到了农历五月的端午节，妇女们说："五月端阳太阳红，绣个香袋驱毒虫！"她们连夜绣制出各式各样的"香袋""绣球"，"八仙""十二生肖""孙猴子""搬脚娃娃"以及"鸡心""寿桃""佛手"等，香袋里装的是苍术、白芷、艾蒿等芳香药料，香气袭人，可驱毒防病。没有出嫁的闺女们，就用精心绣制的香袋、绣球作为爱情的信物，赠送给心上人。也有些老年人特意在香袋中放些五谷杂粮，预祝来年五谷丰登、丰衣足食。

在灵宝农村，妇女生孩子是件特大的喜事，婆家高兴，娘家欢喜，邻里与亲朋好友都来祝贺。"洗三""做九""过满月""庆百日""过生日"等,都十分隆重热闹。姥姥家更是忙前忙后,按当地的习俗要给外孙送"虎头靴""绣花袜""虎头披风""相公帽"等,可以说件件都是精美的绣品。

在灵宝,民间还有一个叫"七月七乞巧会"的节日,也称"乞巧节"。老人们说,每年农历七月七的夜里,天上的牛郎织女都要下凡,向人间传授剪花、刺绣等技艺,于是在当地便形成了一种习俗:每到七月七的夜晚,七个未出阁的黄花闺女用夹竹桃的叶子,剪出针、剪刀、弹花槌、织花梭子的形状,剪罢,七个闺女围坐在月光如水的庭院中,齐声唱道:"七月七,七月七,俺给姐姐送饭吃;教俺巧,绣对花鞋送您老;教俺拙,找个圪针扎您的脚。"稍停又唱:"牛郎哥啊织女嫂,双双下凡来送巧;七根针,七根线,七个闺女都教遍。"歌谣生动地表现了灵宝妇女们勤奋好学、追求美好生活的乐观主义精神。

灵宝人把闺女出嫁视为人生大事,大喜之时更要展示她们的刺绣技艺,因此有许多讲究和说头。首先是"蓝缎鞋,绣红花,过了门,就当家"。新郎、新娘的洞房必须布置得红红火火,那是个什么样儿呢?"鸳鸯枕,龙凤帐,红绸子门帘绣凤凰"。新娘的嫁衣更是一件精美的刺绣艺术品,有民谣为证:"王小姣当新娘,赶做嫁衣忙又忙,一更绣完前大襟,牡丹富贵开胸膛;二更绣完衣四角,彩云朵朵飘四方;三更绣完罗衫边,喜鹊登梅送吉祥;四更绣完并蒂莲,早生贵子喜洋洋;五更绣完龙戏凤,比翼双飞是鸳鸯。"歌谣来自生活,是出嫁姑娘们的心声和对未来新生活的憧憬与期盼,浪漫、夸张并富有激情,感人至深。

几种常见的灵宝刺绣

灵宝的民间刺绣,不仅品种多,花样也多,形式和内容男女有别、老少不同，其中蕴含着祝福、求安、祈子、情爱、审美等不同层面的各种文化内涵。这一切真不是三言两语就能够说得清的，这里只择最常见的几种绣品做介绍：

荷包俗称"腰包"，多为长方形。20世纪80年代以前，荷包的实际用途大致有三：一是民俗生活中的实用品，如钱荷包、烟荷包、香包、眼镜包、镜袋、扇袋、针线包等。二是节俗风物。五月的端午节，民俗插艾叶，饮雄黄酒，佩戴香囊以驱"五毒"。香包的花样丰富多彩，老年人一般佩戴寿桃、佛手一类；小孩佩戴长命锁、老虎、孙猴子等，以求平安；妇女多佩戴石榴（石榴结百子）、麒麟（送子）、莲花（连生贵子）等。三是青年男女定亲的信物。男女相爱，女方赠男方香荷包，做工精美，情意绵绵。艺术是心灵的写照，是情与爱的结晶。当我们听到那陕北的抒情民歌《绣荷包》时，再看灵宝的荷包，便不难体会到黄花闺女们托物寄情的纯真之美。尽管送荷包这种形式随着时代的变化已逐渐在消失，但农耕田园时代人们所创造出来的寄托情与美的这种精神文化，是永远不会消失的。

兜肚又称"裹肚"。按灵宝民俗，娃娃一落地，第一件衣服就是护身、护肚脐的兜肚。在灵宝农村，男女青年一旦结亲，新女婿在每年端午节前都要给新媳妇家送粽糕、油馍、水果等礼品，而其中都少不了兜肚。新媳妇生第一胎，不论是男是女，舅舅和外婆也要来送兜肚。如今，盛夏季节，在灵宝农村的树阴下，依然可以见到光屁股戴兜肚的小娃娃。

关于兜肚的来源，民间传说是造人的女娲留下来的。传说女娲造完无数个男娃女娃以后，天已昏黑，此时凉风阵阵吹来，她望着眼前的孩子们，唯恐他们受风寒，便按照自己的体形，给每个孩子身上剪裁了一个兜肚，以防肚脐受风和毒虫叮咬。从那时起，兜肚一代传一代，针针线线寄托着母亲对子女的情和爱。

绣花枕顶

按灵宝的婚俗，姑娘在出嫁之前，要按夫家长辈的多少，给每人至少要绣一对枕顶；如果再加上叔伯等重要亲属，往往要绣数十副枕顶。这也算得上是女孩儿的一项艰巨工程，因此，便有这种情况：闺女尚未成年，母亲提前几年就动手为女儿积攒绣花枕顶之说。

绣花枕顶材质多为红缎或红布，图个喜庆红火；老年人的枕顶称"寿枕"，多以蓝缎为主，枕顶一般为长方形、四角略呈弧形（方中见圆），直径约6寸左右。枕顶绣花的内容和表现形式乃至布料的选色因人而异，老年人的枕顶多用二指宽的黑布包边，红布衬底，精巧者往往在黑边框上用平针绣出蟠螭纹或"畚"字纹，红布中间或绣绿叶蟠桃，或绣老寿星与"鹤鹿（禄）同春"，均为贺寿吉祥的内容。年轻人和新婚夫妇的枕顶俗称"鸳鸯枕"，更是精巧无比，色彩以红或绿为主，对比强烈，喜庆吉祥；选用的花边纹饰有龙凤纹、花鸟纹等；主要内容是表现青年男女对美满婚姻、幸福生活的期盼和向往。所以当地老年人一语道破：新人的枕头少不了"石榴"（结百子）、"龙戏凤""鱼戏莲""蝶恋花"等。若绣戏剧人物，则少不了"天仙配""拾玉镯""小放牛"等。上述灵宝民间惯用的暗示手法，婉转地揭示出"新人"枕顶图饰的内容，那些巧妙的比喻和含蓄的图案对现代青年而言，既不难以理解又饶有情趣，不言而喻，也是民族、民间文化的宝贵财富。

云肩

云肩是旧时妇女婚服的佩饰物，围绕簇拥在新娘肩部，十分美丽动人。

这种样式的婚服,据说从隋唐至明清,曾被官方确定为民间男女婚礼的代表服饰,后来,从城市逐步传入农村。云肩有"大云肩"和"小云肩"之分,城市多采用大云肩,灵宝一带却流行一种柳叶式的小云肩,小巧精致,围脖的横带上缀有16~20个柳叶形状的绣花片。人们称横带为"金枝",称柳叶为"玉叶",合在一起,就是对大家闺秀的溢美之词——"金枝玉叶"。还有更为美丽复杂的"云头绣片"(壮如云朵),绣片约比柳叶片长寸许,悬挂玻璃珠和五色丝穗,可谓珠光宝气、熠熠生辉,将新娘衬托得犹如"云中仙子"一般。

云肩围绕新娘颈部一圈,又被"云朵""柳叶"绣片簇拥,其可绣面积和空间极小。然而就在这很小的空间内,姑娘们却能用金针彩线绣出花鸟鱼虫、亭台楼阁,还有麒麟(送子)、狮子(赐子)、石榴(结百子)等寓意吉祥的纹饰,刺绣工艺之精美令人叹为观止。

灵宝的民间刺绣针法

灵宝民间刺绣代表性的针法是"拉锁子""辫绣"和"打籽绣"。除此之外,常用的针法还有"包针绣""纳纱锈""平针""水路钉金""盘金""补绣"等,不仅完全继承了宋绣的主要针法,而且又创造性地发展了绷花和补绣技艺。"绷花"是以针引单丝线,寥寥数针呈放射状,绣出艳丽的花朵,虽属刺绣中的辅助技法,但能在刺绣中起到画龙点睛的作用。"补绣"在刺绣中运用较为广泛,其特点是能使绣品产生一种浅浮雕般的立体效果。"补绣"又可细分为以下几种类型:

剪贴绣其手法类似"叠绣",方法是把棉花填入用布或绸剪出的图案中,再用针将图案的花边周围锁边绣牢,从而使图饰纹样呈栩栩如生的浅浮雕状。这种绣法多用于兜肚、枕顶、童帽和玩具上。

挖补绣通常以白色布为底，再以黑色或青色布剪出所需要的纹样，镂去图案不需要的部位，并在镂空处衬以各种色彩艳丽的布料，其视觉效果是在黑色为主调的纹样中衬托出色彩鲜艳的图案，对比强烈、明快。此种绣法多见于鞋垫、袜底和兜肚等。

包纸绣用彩线将剪好的纸样完全包裹，因做这种纸样的用纸一般都比较厚，从而使绣线能够深深嵌入纸样深处，形成凹凸明显的特殊效果。

留边叠绣先将剪好的厚样一片一片用布包贴起来，再拼贴到底料上（底料色彩可依据整体效果而定，或黑或红，起到和主色调对比协调、统一的效果），然后再用各色彩线，由图案中心向外用平针绣实。绣制时，一般都会在纹样的边沿均匀地留出一条白线，白色的轮廓线衬托在色彩缤纷的图案和或红或黑的衬布上，显得格外鲜亮别致。

·摘自《读者》2006年第5期·

鲁西南花格子布

赵 屹

从生产地域看，花格子布是指鲁西南地区的一种家织土布，其色彩鲜亮，图案大体以花格子为主。从生活方式的角度看，花格子布本身就是民间生活的一部分，其工艺虽简犹繁，可谓于细节中见真情，处处体现了民间的那种朴素的情感向往。若作为一种民间文化现象来看，花格子布记录着传统的农耕生活方式与文化状态，既承载着一地的风俗、习惯、信仰、情感和价值观，又是一种民间文化的载体。然而，花格子布正在逐渐消逝，它的消逝不仅带走了民间生活的一抹"鲜亮"，同时也卷携走了它生存的土壤和人文情感。

织布人生

一辆纺车和一台织机，成就了一个女人的一生。

鲁西南是山东家织土布较为普遍的地区，这里几乎是家家闻机杼，户户纺线忙。尤其是冬闲时节，男女老少人人纺织。当地流行的儿歌中就有"爹纺花，娘织布"的唱词。这里织出的布主要用于出售，20世纪70年代以前，织花格子布始终是这里最主要的家庭副业。此外，织花格子布对于女孩子来说还有一种特殊的意义：女孩子出嫁时，娘家陪送的嫁妆中必须有"几铺几盖"，即几床被子和几床褥子。所以，鲁西南的女孩子从小就跟着母亲纺线织布，除了帮母亲织布换钱接济生活，还要抽空积攒自己日后出嫁时的嫁妆，嫁妆有被面、褥面、床单、帐子等。结婚前夕，母亲还会特意为她印染出一大块彩印花包袱布，上面瓜瓞绵绵、龙飞凤舞、榴开百子、福禄双全。结婚当天，要用这块包袱布将崭新的被褥包起来，摆在醒目的地方一路"招摇"而过。所以，当地女人几乎没有不会织花格子布的，一辆纺车和一台织机，是她们终身都不可能离开的物件。

姑娘们织花格子布，也是在编织她们未来的美满婚姻，祈求将来能拥有牛郎织女般的真情真爱。"牛郎织女"的故事家喻户晓，织女下凡传授织造技艺，结果却造就了一段人间悲剧。虽然是悲剧，但爱是真爱，情是真情。"七夕乞巧祈双星"，每逢七夕，姑娘们就向天上的织女星乞求智巧，她们每人从老太太手中接过一根针、七根线，借着香烛的微光穿针引线，穿得最快者为最巧。那么，"七夕"与"乞巧"又是如何产生联系的呢？

原来，一般汉族地区都把织女看做是纺织行业的祖师或机神。此外，这恐怕也与中国古代社会对女性的价值认定有关。所谓"开门七件事，柴米油盐酱醋茶"，而作为主内的女性，一是饭食，二是针线，也就是女红——女人的本分。"讨到"或者掌握了精到的技艺，自然能提升自身的价值，也为将来获得美满的婚姻提供了更多可能。

织花带似乎是社会或者情人对姑娘们价值认定的标准。各民族送情人、扎嫁妆用的织花带都由姑娘们亲手纺织，它的图案精细，多与婚娶、生育内容相关。在鲁西南，嫁娶的当天，织花带"小荷才露尖尖角"，娇媚万千的新娘自然博得众人的青睐。婚后，新娘将它妥善收藏。待到孩子出世，冬日里将织花带十字交叉，把穿在身上的一正一反、母子连体的两件棉袄捆扎连结起来，母亲的腰紧贴着孩子的背，母与子成为一个温暖的整体，使得母亲纺线织布和照顾孩子两不误。等孩子们长大后，织花带在岁月的打磨下风光不再，没有孩子再需要它，于是，它又成了拉犁、拉耙、拉耧的拖绳，与泥土为伴，直至生命的终结。织花带正是一个传统的中国妇女一生的写照。

机杼声声

花格子布的纺织材料是棉，其纺织工艺虽简犹繁：种棉、纺线、染线、拖线、经线、闯杼、刷线、掏缯、吊机子、织布……

在北方黄河流域，谷雨过后开始种棉，阴历六月底，棉苗开花，"花接花四十八"，从开花到最后的采摘也就是 48 天。在男耕女织、自给自足的农耕时代，人们的节令观念非常强，冬至以后，基本上是农闲时节，女人们便开始纺纱做衣服了。纺纱前先把棉花搓成一条条的棉"补几"，再用棉车子从"补几"里抽出棉线缠成"长穗子"，纺好的线就可以染色了。染色前先要打线、捶线，使线穗子松散以便于均匀上色。染线时需要在染液中添加盐和酒，这样染出的线颜色便鲜亮好看且不易褪色。染好的线首先要浆和拖。浆过和拖过的线失去了黏性，彼此不会纠缠，为经线和织布打下了一个很好的基础。从闯杼开始，各道工序都是在为上机织布做具体的准备，织布前分两次闯杼，是为了使经线次序井然，便于刷线。闯杼结束后开始刷线，以清理经线之间的缠连。接下来的掏缯是继刷线后织花布的又一道重要工序，不同的掏缯方法决定了不同的图案变化。掏缯的目的是在织布时使经线分离形成织口，缯越多形成的织口变化也越多，织物的纹样也越趋于丰富多彩。织布前的最后一道工序是吊机子，将织机的各部件全部组合调试出来，以保证织机的顺利织造。

这道工序看似简单，却完全凭经验行事，只可意会不可言传。

待一切准备就绪，就开始织布了。鲁西南一带流行着一句俗语："插花捕鱼不算巧，织布纺棉做到老。"说的是在这里除了夏天，一年中的大部分时间几乎每家每户的织机都在织布。织熟练了全凭手上的功夫，眼睛也变得不那么重要了。

老百姓在长期的织布过程中，逐渐形成了自己的审美标准，比如人们喜欢杂色方格或紫花被面。20世纪初期，随着紫花被面的增多，逐渐衍生出一种说法，取"紫"与"子"同音，新娘的嫁妆中必须有一床紫花被面，以求得未来子嗣旺盛，这个习俗一直延续至今。除此之外，年轻姑娘夏天织的布多为红白条和绿白条，主要用来做单层小褂；春秋和冬天穿夹袄，用缁密的花格子布。总之，不同纹样的布有不同的用场，人们轻易不会改变自己的习惯。

花格子布的纹样

花格子布的图案丰富多样，布面主体纹样有梅花、斗纹、水纹包鱼眼、骨头节、错节、山芋花、砖纹、井字、开不败、阴阳瓦等。因受纺织工艺的限制，这些纹样多作为单个纹样出现，组合后构成方形的布面图案，也就是泛称的"花格子布"。

在民间艺术中经常可以看到类似的情形，有些受精英文化影响而产生的题材，如梅花，在民间艺术的流传中往往最终徒得其形，而失去了深层意义。我们在调研中也曾询问道："为什么要在花布上织出梅花的图案？它有何寓意？"织者总是笑着说："没什么意思，好看。"没有一个人提及它曾负载的儒家文化的精神内涵。花格子布的单个纹样多是以数种色彩组合而成，不同的色彩组合，就会构成不同的色彩效果，使图案产生变化。就此，我们也曾询问："这有什么变化规律？为何固定为几种颜色变化？"织者说："没什么规律，想怎么变就怎么变，想用啥色就用啥色。"我们问："不变不行吗？"她们说："不变不好看，死板板的。""变化时怎么搭配颜色？""什么颜色都行，只要颜色鲜。""鲜"，是她们对色彩的一种认知，也是一种原则和标准，"鲜"意为对比强烈，颜色纯度高、明度亮，她们认为这种能让人眼前一亮的配色，才称得上是好布，是织者手艺高。

斗纹，曾经是原始彩陶与青铜器的重要纹样，而在民间，老百姓说这就是手指上的"斗纹"，有"斗"就有福，"一斗穷，二斗富，三斗四斗卖豆腐（福）"，"斗"是富贵的象征。此外，"斗"还是老百姓最常使用的粮食计量器，因有"日进斗金"的说法，所以，"斗"就成了吉祥物和吉祥用语。

水纹包鱼眼，实际就是水纹夹杂着鱼眼纹样，显然有"鱼满塘（堂）"之意。鱼多子，又谐音"余"，多子多孙和年年有余，是农耕社会百姓的一种理想。

山芋花，就是地瓜花，它的每片花瓣都带有褪晕效果。山芋花纹样的创造，完全来自百姓对日常生活的感知，再结合纺织工艺，纺织出的纹样颜色由深到浅，可谓神似。

砖纹的出现主要源于民间"金砖铺地"的说法，意为富裕。井，在古代农耕社会中与人们的生活密切相关，"井"字纹样的出现并非偶然，并且其文字结构非常适宜经纬编织，易于表现。

开不败，其实是运用了线的渐变，进而带动了面的渐变，打破了图案的工整，使图案产生变化。但其意义不止于此，关键是取名巧妙，如神来之笔。用织者的话说就是："就像过日子，永远没有头，长流水呗！"

民间的花格子布就纹样而言,其色彩构成强烈的视觉冲击力,用老百姓的话说就是"鲜亮",但这并不构成花格子布审美意义的全部特征。另外,花格子布所有的纹样构成几乎都是建立在对生活本质的阐释上。花格子布,是鲁西南的一种色彩鲜亮的土布,更是当地百姓一种淳朴生活的写真。

·摘自《读者》2006 年第 7 期·

黄杨木上刻光阴

吴 萍

我国是一个崇尚雕刻而又十分擅长雕刻的国度。南方一带由于气候温湿，彩绘不易长期保存，兼之地域文化上的差异等，使得作为装饰重要手段之一的民间雕刻工艺远比北方盛行。

作为我国木雕工艺的代表之一，黄杨木雕是以黄杨木做雕刻材料的民间工艺品，历史悠久、风格淳朴。它的主要产区在浙江省温州乐清地区，流行于乐清市的翁洋镇南街村、象阳镇后横村、柳市镇、乐城镇一带，传播至永嘉、杭州和上海等地。

黄杨雕春秋关于黄杨木雕的起源有多种说法。一说最早它仅仅是作为当地元宵灯会龙船灯身上的装饰，直至清末才独立成为工艺雕刻品。据记载，旧时的乐清地区民间闹元宵，灯会极为盛行，其中尤以龙灯为最，特别是木雕龙灯，其骨架上常装有黄杨木雕的小佛像，黄杨木雕由此起源。又有一说，称黄杨木雕为浙江乐清一位叫叶承荣的放牛娃所发明。

目前黄杨木雕有实物可查考的是元代至正二年（1342年）的"铁拐李"像，保存在北京故宫博物院。一般情况下认为，温州的黄杨木雕始于宋、元，流行于明、清。乐清木雕门类齐全，在秉承传统、保持黄杨木雕原有风格和神韵的基础上，大胆突破，推陈出新，已由"单体雕"发展到"拼雕""群雕"，由普通"圆雕"发展到"劈雕""根雕"，技艺更趋精湛，作品更臻完善。

神木初长成黄杨木雕因所雕刻木材是黄杨木而得名。黄杨木生长缓慢，四五十年树龄的黄杨木直径仅有 15 厘米左右，所以有"千年难长黄杨木"、"千年黄杨难做拍"（乐器中的一种拍子）的说法。黄杨木生长在千米高山云雾笼罩的崖壁上，以岩缝中的滴水和雨露为养分，可以说吸收了天地之精华而长成。

李渔在《闲情偶寄》里这样评价黄杨木："黄杨每岁一寸，不溢分毫，至闰年反缩一寸，是天限之命也。"苏轼也有诗云："园中草木春无数，只有黄杨厄闰年。"但即便是这样，黄杨也安守困境，冬不改柯，夏不换叶，所以李渔给它起了个名字，叫"知命树"，安于天命，老天不让它长高，强争也没用。李渔说，按常理，闰年闰月，树木应该多长一寸才是，现在黄杨非但不多长，反而缩短一寸，这造物主对它的安排实在太不公平了。但黄杨并不恨天怨地，而照样把枝叶长得很茂盛。所以李渔评价它有君子之风，说莲是花中君子，黄杨就是树中君子了。

古人很器重黄杨木，采伐黄杨木有严格的规定，如《酉阳杂俎》云："世重黄杨以其无火也。用水试之，沉则无火。凡取此木，必以阴晦夜无一星，伐之则不裂。"黄杨木木质坚韧致密、无节眼，加之色彩艳丽，木纹如象牙，并且容易受刀，古人多用来雕刻供案头欣赏的文玩、造像等。明清前期始运用于家具制作，或与其他硬性木材配合使用，造成帐子、牙子等构件，或用来造镶嵌花纹。

温州多山林，艺人们可以就近取材，这为黄杨木雕的发展带来了便利，并起了很大的推动作用。经过世代艺人们的不断努力和钻研，最终形成了黄杨木雕优秀的传统风格和技法，其中最典型的要数镂空技法，它是形成黄杨木雕作品形象生动、玲珑剔透的主要技法，在"天女散花"、"红绸舞"、"哪吒闹海"这类题材上，体现得最为充分与完善。

良匠琢时光黄杨木雕的工具有泥锤、雕塑架和泥塑盒，以及卡钳、刮刀和各种形式的塑刀等。用于雕刻的主要工具是凿，它的种类很多，功能齐全。

黄杨木的雕刻操作比较细致，分为构思草图、塑制泥稿、选用木料、操作粗坯、镂雕实坯、精心修细、擦砂磨光、细刻发纹、打蜡上光、配合脚盆等十多道工序。其中镂雕技法是木雕中最精巧的一门技艺，它能使作品空灵剔透、玲珑精巧、雅致美观，并产生动态美。

乐清黄杨木雕有三种类型，其造型理念、技艺及程序都不一样。一是传统类，以单一的人物造型为主，亦有群雕或拼雕；二是根雕类，以天然黄杨木根块为材料，利用树根造型；三是劈雕类，将无法用做人物雕刻的木块劈开，取其劈裂后的自然纹理立意，一切顺乎自然，不做精雕细刻。

乐清黄杨木雕刻充分展现了民间工匠的智慧，在历史的发展过程中呈现了多种不同的风格，如明之木雕刀法圆润，简练流畅；清之木雕刀法清澈，光滑圆转。黄杨木雕工艺流程复杂，每道工序的细腻程度和工艺要求都是其他雕刻难以比拟的，亦无法用现代技术替代。

·摘自《读者·乡土人文版》2008年第12期·

王鹏：斫琴即修行照见天地心

王 琳

什么才是真正的懂得？

时间退回到 2008 年 8 月 8 日那个世界瞩目的夜晚。鸟巢中央，跨越时空的中国画卷徐徐展开，悠远绵长的一曲琴音蓦然而起。清雅的旋律，穿越千年，直抵人心，仿佛来自远古祖先的深切呼唤，又仿佛来自天地之间的深情吟唱，在拨动琴弦间倾泻出中国文化底蕴的源远流长，向世人讲述着博大厚重、意蕴悠远的中国故事。这张在北京奥运会开幕式惊艳亮相的仿太古遗音·师旷式古琴，正是出自斫琴师王鹏之手。

一袭宽松洒脱的黑色长衫，一头随性不羁的及肩华发。此刻，斫琴师王鹏就端坐在我们面前的琴桌前，弹起了古曲《阳关三叠》。

琴者，情也。对于王鹏，一张古琴，就是人生的一场修行。

七弦为益友两耳是知音

翻开悠久的中国历史，似乎从诞生之日起，古琴就注定是一个博大而幽深、崇高且独立的存在。在源远流长的中国传统文化之中，含蓄宽广的古琴之音，经久不衰，历久弥新。

一张古琴，蕴藏天地精神；一曲琴音，弹奏豁然人生。对于斫琴师王鹏来说,古琴并不是一件单纯的乐器,它就像一种精神物质,深深地植根于他的心中,并成为他一生一世的人生旅伴。

在中国,斫琴的历史可以追溯至3000多年前。从"伏羲削桐为琴,绳丝为弦"到"舜作五弦之琴,以歌南风",从"号钟""绕梁"到"绿绮""焦尾",从伏羲式、神农式、仲尼式到连珠式、落霞式、灵机式……每张古琴的背后,都有一段故事。在斫琴师王鹏眼中,一张古琴就是一个生命,更是一个世界。

"古琴是中国文化的载体。单从形制看,它的精致是中国传统文化中最具韵味的乐器。"在王鹏心中,古琴的形制,意义丰富而深远。"古琴的结构,源于中国自古以来对自然的崇尚。琴长三尺六寸五,象征一年有三百六十五天;琴头六寸,象征六合;琴尾四寸,象征四时。舜做五弦之琴,五弦代表五行,文王、武王各加一弦,以合君臣之恩。琴的最高部分称为"岳山",琴弦代表流水,这叫"山高水亦长";琴底两个共鸣箱称为"龙池""凤沼",象征江海,叫"江深海亦深"。琴体面板浑圆为天,底板平坦为地,与古时的天圆地方之说相应和……小小的一张琴,包含着古人对自然、对宇宙、对人生的精辟理解和处世哲学。

为什么会选择从事古琴制作这一行业?王鹏用了四个字"兴趣、责任"来形容。

"我们每个人与生俱来都会对某些事物感兴趣。兴趣会引发一颗专注的心,引发一个人对事业的热爱与坚持。当你对某件事物产生兴趣并且花费时间和精力认真去做,尽自己所能坚持做好时,你就有了对于这件事物的责任,你的生命就有了意义。"

当一个人一辈子心无旁骛地从事他所热爱的事业时,他的生命才真正有价值。这个能量是巨大的,对于人生的影响也是无穷的。1987年,喜欢音乐和动手制作的王鹏顺利考入沈阳音乐学院乐器工艺系古琴制作专业。然而一开始的他并没有对古琴制作产生很大的兴趣。在著名川派古琴演奏家顾梅羹先生和主课老师赵广运先生的指引下，王鹏渐渐热爱上了这件凝结着古人无数智慧的精妙乐器。一路走来，尽管过程坎坷艰辛，但是王鹏却在当中找到了生命的意义。凭借着兴趣和坚持，王鹏在斫琴师的这条人生道路上尽情书写，发挥得淋漓尽致。活着的是为了什么？活着的意义是什么？王鹏经常陷入这样的思考。在他看来，每个人有自己的使命。"你创造出来美的东西，把你的一切奉献出来，让这些创造留存于世，影响世人，这就是最快乐的事情。"

清泠由木性 恬澹随人心

"斫"，即用刀、斧砍。斫制一张古琴，需要历经上百道细致工序，耗时数年方可完成。

漫长的过程中，只有用长足的耐心去精雕细琢，才能称为"斫琴"。对于王鹏来说，期间既有技艺的缓慢琢磨，也有灵感和智慧的灵光乍现。面对大自然赠予的素材，他要做的是心存敬畏，用古老的斫琴工艺，赋予这些素材一种更惊艳的生命形式。

2003年，古琴艺术被联合国教科文组织评为"人类口头及非物质文化遗产代表作"，有着3000年悠久历史的古琴艺术，再次得到了世界公认。

在古琴诞生几千年后的今天，制琴工艺依旧沿用古法，需要历经选材、造型、槽腹、合琴、灰胎、研磨、擦光、定徽、安足以及上弦等十几个重要步骤。作为斫琴的第一个步骤，选材是制作一张好琴最重要的基础。对此，唐代斫琴大师雷威有言"选良才，用意深，五百年，有正音"。

斫制一张古琴的过程，看起来极其简单，其实处处精微。对于王鹏来说，从选材之时，内心就已充满期盼。"一张好琴的诞生，首要就是要找到一段汇聚天地灵气的木头。杉木或桐木质地松软，利于发声，适合用来制作面板；而梓木纹理细腻，且不过于坚硬，既能反射面板振动的音频，又能使声音产生下沉的感觉，用来制作底板最为合适。"面对树木、大漆、鹿角霜、麻布、丝弦这些来自天地的自然材料，王鹏将用心中最好的理念赋予它们全新的生命。

斫琴的核心是斫木。选材之后，便是造型。琴的发音，主要源于面板和底板所构成的共鸣箱，因此面底之间的厚薄，以及内部槽腹的处理尤为重要。每张琴都有其不同的特点和丰富的内涵。虽然大致的审美是一样的，但是这其中有细微的差别。对造型和线条的一分一毫，都决定着古琴最后所带给人的气场，而这个过程全靠斫琴师的手指和眼睛来度量感受。做好木胎后，接下来是古琴制作中很重要的一道工序——上灰胎。将大漆与鹿角磨成的粉末按一定比例混在一起，所用鹿角霜粉末由粗至细，从80目一直刮到200目。每刮一次灰胎，就需要一周左右时间等待它变干，然后再刮第二遍。如此这般，刮20多遍之后，再将灰胎自然存放一年左右时间，才能达到彻底干燥。此时这道工序才算完成。

一张琴从选材到上弦，王鹏大约需要两年时间才能完成。在此期间，每一步的细节都体现出王鹏对于古琴的理解和审美，判断及感悟，更蕴含着他二十多年的生命积累。

斫琴的时间越久，王鹏心中对于古琴的敬畏和谨慎之心就越重。他深知，自己面对的不仅仅是一件乐器，而是传承几千年的中国文化："制作古琴从选材开始，就要秉承道家讲究的阴阳相生和儒家的中庸之道。首先，古琴由面板和底板组成，面板需疏松以扬声，底板需坚实以聚声，如此刚柔相济，相反相成，才能形成中和冲淡的沧桑古韵。其次，木胎和灰胎本身也是张扬与抑制的关系。木胎的作用是让琴体更好地振动,而灰胎又是为了抑制它的振动、中和它的发声,一抑一扬,以此调节音色,控制音量,才能发出余音绕梁的琴音。最后,延伸到演奏,更是如此。斫琴技艺的提升会增进演奏者把握音色的能力。详细了解琴的结构,吟、猱、绰、注的时候就知道如何恰到好处地用力,演奏的声音就会更加完美,从而达到正音和正心⋯⋯"

正声感元化天地清沉沉

《易经·系辞》有言:"形而上者谓之道,形而下者谓之器。"斫琴之上,还有对琴艺、琴道的追求。斫琴与琴道,当属器与道之分别。世界再嘈杂,斫琴师的内心必须是绝对安静安定的。在王鹏看来,古琴最重要的不是悦耳,而是悦心。弹者、听者,一同移情归正,这才是传统古琴美学的精华与追求,也是王鹏寻求的一种境界。晋时嵇康作《琴赋》曰:"众器之中,琴德最优。"古琴被称为正音,便有了教化的意义。"正"本身即含有纠正、标准之意,选材与意蕴达到了最高的契合,则正音自然而出。

"古琴是老师,是一面镜子。正音才能正心,正心方能正行。"在王鹏心中,古琴的声音是一种能量。听到古琴中正之音,柔和敦厚之音,浮躁的心情就会沉淀,找回最初的平静。

太史公言:"音乐者,所以动荡血脉,流通精神而和正心也。"以乐为教,可以修身养性、潜移默化影响人的心灵和情志,提升美学能力和判断能力,使人们的理想和行为逐渐得到升华和端正,返其天真,涵养性情,净化人心。这就是古琴的作用。

"儒家倡导的中庸,道家倡导的清虚,佛家倡导的超脱,如何体现?得找到一种技术方法,这才是我要思考的问题。"王鹏说。十多年来,他不断地潜心思考，在对斫琴技艺的提升中，在对经典之作的修复中，在对琴学古籍的研读中，在对古琴名曲的诠释中，王鹏不断地体悟和接近古人的智慧。"儒家有言，'琴者，禁也'，力求平和，以正音来正心；道家其意在心，需去除繁缛，方返其真心，与物相和；佛家攻琴如参禅，于七弦之间顿悟佛理，明心见性。儒释道三家，都追求自然、淡和之美，融合而成古琴之道的核心审美，即清微淡远，中正平和。"

宋代《琴史》中说："昔圣人之作琴也，天地万物之声皆在乎其中矣。"古琴有"泛音""按音"和"散音"三种音色，分别象征天、地、人之和合。散音象地，松沉而旷远，让人起远古之思；泛音象天，犹如天籁，有一种清冷入仙之感；按音如人，吟猱余韵，细微悠长，时如人语，时如人心，丰富多变。因此古琴一器具三籁，可状人情之思，也可达天地宇宙之理。

"一张琴带给你的触动，难以言表。"王鹏说，琴为天地之音，与万物相通。古琴里面的天地精神，钧天云和音乐人文情怀，清微淡远，中正平和。这些概念，每一个概念都需要很长时间寻找，但你找到了，领悟到了，这个东西就是永远的艺术。

"琴到无人听时工"，弹琴的最终境界，是回到一个人面对一张琴。五音对应五行，五行呼应五脏。宫、商、角、徵、羽，土、金、木、火、水，两者看似无关，实则不谋而合，都与人体的脾、肺、肝、心、肾之间有着微妙的联系。唯有在万籁俱寂时弹琴，才能让人听见内心的声音，才能获得生命和宇宙的通灵。

"一个人面对一张琴，我小而宇宙大，所以眼界要宽，才能全然超乎功利。一张琴面对一个人，宇宙小而我大，反归自身，朴素性情，中正平和，才是琴道。"王鹏如是说。

大音自成曲但奏无弦琴

"吾有一张琴,五条丝弦藏腹中,有时将来马上弹,尽出天下无声曲。"我们每一个人看这个世界,心态是什么样的,看见的世界就会是什么样。

一个斫琴师能够代表一种怎样的审美高度,决定着古琴文化是否能够沿着正确的方向传承。在王鹏看来,这是作为斫琴师一个很重要的使命。北宋大文豪苏东坡曾写过一首颇有禅意的《琴诗》:"若言琴上有琴声,放在匣中何不鸣?若言声在指头上,何不于君指上听?"如果说琴声是从琴上发出来的,那么放在匣子中的琴为什么发不出声音呢?如果说琴声来自演奏者的手指,那何不就在你的手指上听呢?

真正的琴声既不在弦上,也不在指尖,而是在人们心中。古琴所带来的并不仅仅是音乐,更是一种文化,一种心态,是格物致知的生活美学与文化修行,是日常生活中内心深处的寄托,是演奏者与琴、与万物、与自己内心沟通的桥梁。

"很多人说我们中国人没有信仰,我觉得中国人的信仰高过一切。自古以来,中国人信仰的是自然山水,信仰的是世代传承的文化精神。有这种文化精神和对自然山水的敬畏之心,无形之中人的行为其实已经被无形地规范了。但是在当下这个时代,这种信仰正慢慢被淡化。古琴正是指导人们在当下与未来的生存智慧。作为斫琴人,我要做的就是让这项世界非物质文化遗产融入现代人的生活,用传统文化精神及生活美学空间来体现自然和谐的生活美学观,这才是文化的核心价值,才是活态的传承与保护。"对于传承保护中华传统文化,王鹏有他独特的感悟。从2009年起,王鹏给自己定下目标,每年至少培训古琴艺术爱好者 80 名。他希望,越来越多的人能够通过琴在纷繁熙攘的世界里,找到安宁纯净的内心。

2010年，王鹏创办当代以古琴为核心的"钧天云和"乐团，开创人文空间美学音乐会先河。2012年，王鹏提出"生活美学"的概念，并在国家大剧院做生活美学展览，希望将古琴与当代艺术和生活相结合，打通传统文化与当代生活之间的关系。2014年，王鹏又提出"文化修行"，2016年，王鹏获得国家艺术基金资助，做古琴与生活美学全国巡展，希望打通古琴与其他艺术门类的界限，在修行中切身体验传统文化的理念。

"制琴和弹琴，对我来说是一种生活态度。艺术总是来源于生活再回到生活的。我希望用视觉和听觉去创造一种生活美学的态度，将深奥的中国文化智慧，用当代语言进行有效地阐释，让传统人文精神更深地融入人们的日常生活，使人能由心而生发一种'和'的境界。而钧天坊正是这样一个集传统文化和生活美学的智慧空间。"斫琴师之外，王鹏还有另一个身份——钧天坊创始人。

多年来，作为"国家文化产业示范基地""国家级非物质文化遗产保护研究基地"及"北京市级非物质文化遗产生产性保护示范基地"，钧天坊立足古琴传统制作技艺的传承与发展，不断以更为开放的视角、更为多样化艺术形式，传递美学观念和人文精神，走出了一条非物质文化遗产与当代生活相融合的保护与传承之路。

"古琴的声音，引领我们走向心灵深处，最终能够用这种音乐去洞悉生命的真谛。我觉得这是古琴将来要作用于世界的一个可能。当古琴"清微淡远、中正平和"的思想进入当代人的生活时，可以走向社会，走出国门。"王鹏相信，随着传统文化的回归，古琴文化必将生生不息地传承下去。

周围的世界纷扰复杂，而王鹏只以一种方式安抚内心，从容应对。

什么才是真正的懂得？"真正的懂得是懂得人心、懂得天地、懂得自然、懂得山川、懂得万古风月、懂得一个人自我生命的成全。"

对于王鹏来说，斫琴即修行，照见天地心。

·摘自《城市画报》2008年第16期·

用剪刀作画的人

刘孟宇　王笃宽

杨荣祖,1953年12月生于号称"中国民间文化艺术之乡"的甘肃省通渭县,是书法民间剪纸世家的传人

潜心研习,在传承中推陈出新

剪纸,又叫刻纸,一种镂空的艺术,是中华民族传统文化的瑰宝,具有丰富的文化内涵和独特的艺术魅力。从一些考古遗存显示,已经有1500年的历史了。唐代就有专门描写剪纸的诗句:"剪采赠相亲,银钗缀风真。叶逐金刀出,花随玉指新。"描绘出了唐代剪纸艺人们的优美动作和剪出的花鸟鱼虫的神韵。宋代已有剪纸行业和剪纸名家。明清时期,剪纸在民间尤其在甘肃庆阳、平凉,陇中的通渭、陇西、定西以及陕北农村尤为普及。逢年过节,家家户户用红纸剪窗花、春叶、遮面、门神等,一派喜庆气象。

杨荣祖的祖父母是家乡闻名于世的书法剪纸名家,在祖父母的熏陶下,杨荣祖自幼就喜欢剪纸,上小学时曾用三合板刻毛主席"星星之火,可以燎原"的名句,并在学校展览。他还在梨木板上刻窗花,进行剪纸印染工艺的尝试。毕业后,他被分配到甘肃省住房和城乡建设厅工作。工作之余,他潜心研习民间剪纸艺术,将剪纸艺术视为生命美学的载体,

力求从传统中走出一条属于自己的艺术创作之路。

凭着自己对生活的体察，他以大胆丰富的想象，将剪纸作品的思想性、审美性、艺术性联动在一起，注重作品的民族精神和美学风格，并将剪纸文化与书画艺术融会贯通，在传承中推陈出新，超越传统的窗花、门神、鱼虫等小幅剪纸创作样式，用手中小小的剪子和刻刀，把经典的民间故事和艺术作品剪刻成数十米的长卷，大气磅礴地展现在人们面前。

2013年12月，杨荣祖在甘肃省图书馆举办了个人剪纸艺术展，展出的80余幅作品以深厚的内涵、精细的工艺和宏大的气势，让观展者叹为观止。甘肃省人民政府文史馆研究员雒青之说，杨荣祖先生的剪纸突现出粗犷豪放的写意式，有缜密精细的工笔型，有简略概括的结构，还有繁缛复杂的装饰，作品内涵深厚，具有精致的韵律美和节奏感，气势盛大而不失意趣。甘肃省文联名誉主席马少青曾题词，称杨荣祖剪纸艺术作品"得山水清气，极风云壮观"。

杨荣祖的部分剪纸艺术作品分别被湖南韶山毛泽东纪念馆、延安革命纪念馆、甘肃省图书馆、甘肃省博物馆、陇西县图书馆、陇西县博物馆、李氏文化研究会等单位收藏。

大气磅礴，用心诠释剪纸魅力剪纸艺术质朴、生动的艺术造型，有着独特的艺术魅力。其特点主要表现在空间观念的二维性，刀味纸感，线条与装饰，写意与寓意等许多方面。2009年9月30日，中国剪纸经联合国教科文组织保护非物质文化遗产政府间委员会的审批列入第四批《人类非物质文化遗产代表作名录》。

为了传承中华民族民间非遗剪纸艺术，多年来，杨荣祖利用业余时间苦练剪纸和书法技艺，广纳博取，融会贯通，源流有自，独辟蹊径，对剪纸的民间传统进行了大胆的突破和成功的创新，逐渐形成了自己细腻与雄宏兼具、题材开阔、表现形式多样的艺术风格。他潜心创作，从2011年5月开始，历时1年精雕细刻完成一幅长42米、宽0.52米的《水浒一百零八将》长卷，以剪纸的手法栩栩如生地再现了中国四大名著之一《水浒传》中梁山泊108个头领的形象，剪刻细腻，神形兼备，气势恢弘，意境超拔，有直抵心扉的艺术魅力和生命韵味。

在完成《水浒一百零八将》之后，杨荣祖又耗时1年创作出长11米、宽0.52米的剪纸作品《清明上河图》，描绘了北宋都城汴京清明时节的春景，广阔而详尽地展示了当时社会政治文化经济的繁荣景象。被"伴飞神十·圆梦天宫"航天主题艺术大赛及名家作品征集活动的评委们赞为"这是我们甘肃的好东西，很好地诠释了剪纸的魅力"，在2013年6月被制成航天主题艺术芯片，搭载神州十号遨游太空，使剪纸有史以来第一次跻身高科技领域。

为了完成这两副剪纸作品，杨荣祖利用晚上和节假日休息时间，以坚强的毅力、精湛的剪纸刀功，实现了民间剪纸艺术与国宝的完美结合。两幅作品场景宏大、画面精微、章法巧妙、线条流畅、疏密有致、生动传神，诠释了中国传统绘画的神韵，展现了中国民间剪纸艺术技巧的独特魅力。

·摘自《读者欣赏》2015年第12期·

云南红土陶

聂鹬飞

云南素有"红土高原"之称，极目四眺，满眼都是火辣辣的紫红色。红土地的深沉和凝重，与生存在这片热土上的人们粗犷而豪爽的性格相互烘托，形成了别具一格的红土陶文化。

红土陶，是由红土经过700℃~800℃的低温窑烧制（有的红土陶工作室近年来已将窑温提高到1100℃）而成。因为窑温与土质的细微差别而使得烧制出的陶器分别呈现出土红、象牙黄、淡青等色彩，外观上更给世人以神秘、朴素之感。如果再点缀以现代抽象艺术，红土陶便摇身一变而成为远古文化、民族文化与现代艺术的完美结合载体，极富韵味。

云南红土陶分为三大类。一类是神器用陶，这类陶器具有浓厚的民俗色彩，多被应用于日常生活及祭祀活动。它们朴拙、粗陋、简洁、神秘，具有浓郁的乡土气息，如"瓦猫"。

云南"瓦猫"是指置于屋脊正中处的瓦制饰物，因其形象很像家猫而得名。据传说，这瓦制的猫能吃掉一切妖魔鬼怪，有镇宅的作用。人们将它安置在房顶、飞檐或门头的瓦脊上，以吞食一切冲犯本宅的疾疫祸害和四野鬼怪。

红土陶在祭祀活动中也被广泛使用，其中比较有特色的要数东巴文化中的陶俑了。东巴陶俑的造型非常原始,但在原始中又透出粗犷与神秘。

在丽江纳西文化博物馆中的和学文先生，专门为博物馆书写东巴经文和制作东巴陶俑，他从事东巴陶俑的制作已经有七八年了，在制作陶俑时几乎不使用任何工具，徒手捏制。这种陶俑不能用窑烧，只能风干，否则会变色。

红土陶的第二类是生活用陶。因陶土器皿的保温透气性能好，所以在云南的寻常百姓家中并不鲜见，陶制的锅、碗、瓢、盆比比皆是，其中尤以藏、傣两个民族的土陶器皿独具特色。香格里拉县尼西乡的藏式土陶呈褐色，形体厚重，用白色马牙石镶嵌的几何图案，充分体现了藏族文化凝重、神秘的特点。而傣族则多用红土陶。在滇中哀牢山区嘎洒江边的曼洒镇土锅寨，就一直延续着祖先传下来的红土陶制作技艺。

土锅寨总共只有17户人家，而其中的16户做红土陶，他们制作红土陶的技法还停留在新石器时期的"泥条盘筑"和"平地堆烧"阶段。

土锅寨人制陶全部用手工。制作红土陶时，用只有土锅寨才有的泥土舂成土粉，将土粉筛细后加水和成泥，先做一个大饼状的底，将搓成的圆形长泥条围着"大饼"转圈，垒起坯壁（泥条盘筑）；再用鹅卵石（不同形状的鹅卵石用于不同部位）垫在陶罐里，在外边用木板拍打形成厚薄均匀的罐壁；最后，用刻有鱼刺纹（远古时期南方百越民族的一个常用符号）的纹饰木板拍打罐壁，形成井然有序的装饰纹样，利用这种方法自上而下使鱼刺纹遍布陶罐全身；待土坯晾干后，再把半成品的陶罐错落地码放在晒场上，用稻草覆盖堆烧，从早到晚烧一整天即成。

土锅寨烧红土陶的火温不高，制成的红土陶虽质地粗糙，却具有极好的吸水性和透气性。炎炎夏日，用红土陶盛凉水，水质甘甜清凉而不会变质。赭石色的罐体粗犷、古朴而原始，特别是在用稻草烧制的过程中罐体上留下的灰色烟斑，更加传递出一种原始艺术的神秘气息……

红土陶的第三类是兼有欣赏与实用两种功能的异形陶罐、重彩陶罐、土陶壁饰等现代土陶工艺品。可以说，这一类陶艺品，其创作灵感全部来自于云南少数民族的民俗文化。以日月星辰及各种天象变化等自然景观为摹本的陶艺品，原始、抽象，让人感叹大自然的神秘奥妙。以耕作、纺织、牧牛等劳动景象为主题制作的陶艺品，粗犷、淳朴，仿佛凝固了已经远逝的古老岁月；以女性体征为本体，挖掘、提炼而创作的"母性陶艺品"，夸张地表现了女性生育和哺乳的形象，古朴而雅拙。

这类陶艺品以云南红土高原的红土为专门的制作原料，专门的用料更突出了作品的地域特征。制作的时候，不需用任何模具，只需一个盛器，这个盛器可以是木勺、木碗，也可以是一块砍了半截的木桩，只要能将湿的泥土盛住就行。等泥土稍干之后，倒扣出这坨泥土，在其凸形面上就可以进行创作加工了。经过刀刻、手捏，再用麻袋纹路反拓出各种图案的底纹，一个坯子就成形了。等坯子晒干之后，再送到窑里烧制。这类陶艺品烧制的成功率只有60%~80%，因为成品的色彩有红色、橙色、紫色和白色，并不是在烧制中添加了什么颜色，而完全取决于红土在窑内由于不同温度的烧制而产生不同的色彩变化，因此难度很大。如还想多一些点缀，可以运用麻绳、木棍、木雕等做装饰，使之更容易悬挂摆置。

陶艺品的整个制作过程全都是手工操作，每件成品都会有细微的差别，不可能做出完全一样的成品。因此，每件陶艺品都是独一无二的。

一堆普普通通的红泥土，在勤劳的人们手中千变万化，多姿多彩；有形的红色泥土，最终因火而获得了生机。这真像神话传说中的凤凰在火中涅槃，从火中获得新生的红土陶"飞"到了高原的每一个角落，盛开出瑰丽的奇葩。

·摘自《读者》2006年第6期·

张宇：游走在艺术与烟火之间

凌小会

传说，在慈禧太后的七十大寿寿宴上，官员进贡的寿礼琳琅满目，她却置开滦矿务局送的纯金雕塑《金八仙》于不顾，一眼相中了摆放在案尾的"泥人张"作品。徐悲鸿评价张明山的泥塑："比例之精确，骨骼之肯定与传神之微妙，据吾在北方所见美术品中，只有历代帝王像中宋太祖、宋太宗之像可以拟之。"

不着急

"泥人张"以地下三尺左右的优质红色黏土为初选泥料，然后化浆、过滤、晾干，加入棉花、纤维等辅料，再以手工反复地锤砸，使其熟制。接下来就是将熟制后的泥块用油纸包好，码进库中窖藏，以增加泥块的可塑性。之后就是漫长的等待，三年之后，方可取出泥块使用，然后塑形、彩绘。

对于"泥人张"世家的第六代传人张宇来说，从取出窖藏的泥块开始算起，制作一件作品大约需要两三个月的时间。他每天用两三个小时来做泥人，其余的时间在琢磨别的事情。总体上来说，他并不是一个着急的人。

天津确实不是一个着急的城市。相比北上广，天津人大多是慢悠悠的，知足常乐，骨子里透着一股烟火味儿。生于斯长于斯的张宇，也总是带着那么点儿不紧不慢的神情，说话不疾不徐。也许，这就是这座城市带给他的烙印。

"泥人张"对张宇来说，不是负担，更不沉重。他六七岁时开始接触"泥人张"，十八岁正式进入作坊，沉浸其中多年。对于今日的张宇来说，做"泥人张"早已不是一种职业，因为他并不接受定做，没有人可以要求他必须去做某件东西。他只是随着自己的感觉去做，做好了之后就摆在那里，若有人喜欢就可以去买。他随意地做，大家随意地买，就好像一个自由的集市。这种状态他非常享受。

张宇把艺术变成生活里的一件事情。后来忽然发现，正巧，这件事情让他生活得更好了，于是他就继续去做，去做更符合他的审美与想象的作品，也一步步地贴近他想要的那种状态。

某一类艺术品并不是面向所有人的，真正的受众或许只有那么几百甚至几十人。让所有人都喜欢，很难。而且为什么要让所有人都喜欢自己的作品呢？"我喜欢我的作品，这就足够了！"他微笑着说。

喜欢自己的作品，才能从创作中感受到无限的乐趣，找到自己。那么，顺势往前走就好，路自然会越来越清晰。

无　惧

这种恬淡而自信的气度，让身为"泥人张"世家第六代传人的张宇自有一种无惧无畏。

"泥人张"传承的是一种感觉。对于子辈的作品，父辈会给出判断，除形似之外的"感觉"或"心法"是"泥人张"最独特的价值所在。张宇坦陈，普天下捏泥人的技术大同小异，人其实是最重要的，因为只有人能赋予其神韵，让每一尊"泥人张"都难以复制，独立于世间。但神韵是一种太主观的东西,所以对于张氏家族来说,每一代人在艺术层面上都是水火不相容的,下一代人在成长中会有完全不一样的感悟与追求,所以就会有不一样的作品。子辈只能凭借自己的作品与实力,在社会中赢得认可,才算完成了传承。其实,正是这种残酷性,避免了因近亲传承而退化的可能。每一代都是强者中的强者,民间艺术的发展才得以实现。

2012年,德国总理默克尔女士参观了泥人张美术馆,并收藏了张宇的作品《孔子》。2013年,京剧表演艺术家梅葆玖先生收藏了张宇的作品《福寿延绵》。同年,法国"百年灵"喷气机队收藏了张宇的限量作品《达摩》……实力证明了一切。

张家的每一代传人都有一颗无惧之心:无惧挑战父辈,也无惧被别人挑战。

张氏家族不惮将"泥人张"的制作方法向愿意学习的人传授,所以,这并不是秘不外传的技艺。其实,从"泥人张"的创始人张明山开始,就一直在收徒弟。几年前,张宇曾经在报纸上发过一条消息,面向社会免费招收学员。现在也有美术学院的学生来作坊学习,手续不过是填一下表格,承诺作品不会用于商业方面即可。

一方面,这一行业没有十年八年的工夫难以触及其精髓;另一方面,张宇希望懂行的人能够越来越多,工艺水平越来越高。只有人们眼光越来越挑剔、审美越来越严格的时候,真正的好作品才会脱颖而出,这正是"泥人张"世家所乐见的。

若要说惧,张宇真正担心的,是后世看不到、看不懂真正的"泥人张"。

我就是我

香港,1986年的某一天,向来冷清的"梁苏记"门前排起了长龙。

三天前，香港百年老店梁苏记洋伞厂在报纸上登出了其结束营业的消息。在机械化生产的冲击下，手工作坊已无生存之力，并且"梁苏记"也不愿意改变长久以来的传统与坚持。它一直承诺，伞具终生保修，永不欠外债，无论赔赚都不会开除员工……在历史的舞台上，这种退出，虽然心痛，但并不狼狈。

这是张宇讲的一个故事，有几分伤感。其实他很想得开，甚至认为结束也是一种优雅完美的谢幕。大多数老手艺都是特定时代的产物，在当时是可以糊口的技艺，到了失去其存在价值的时候，博物馆就成了保存这些东西的最好的地方。它们让后人知道，我们的城市、我们的生活曾经是什么样。它们像是一颗颗散落在我们曾走过的道路上的石子，是一种有趣的点缀，也是回溯的路标，让我们知道自己从何而来。

但是，看到困难，并不妨碍做出最大的努力。留存本真的同时，"泥人张"的表现形式也要跟上时代的变化。虽然知名度与认可度在不断提高，但张宇却不想扩大规模，他想做的终归不是卖东西，保住真正的"泥人张"文化，才是企业存在的最根本的意义，要为后辈的研究与传承留一条路。

中国传统的文人雅士往往清高孤傲，难以与世俗社会融洽相处。张宇固然性情恬淡，骨子里却并不是一个清高、不入世的人。相反，他对生活与企业的发展很有自己的想法。不论是何种原因，张宇从来没有承认过自己是一个艺术家，他更像是一个游走在艺术与烟火之间的人，可以光风霁月地谈钱、谈发展，却始终拒绝扩大经营规模，不想让"泥人张"失了本真。

这样的人，其实活得更通透。

·摘自《读者》（乡土人文版）2014 年第 9 期·

编后记

　　"美丽中国"是中国共产党第十八次全国代表大会提出的概念，强调把生态文明建设放在突出地位，融入经济建设、政治建设、文化建设、社会建设各方面和全过程。2012年11月8日，十八大报告中首次作为执政理念出现。2015年10月召开的十八届五中全会，"美丽中国"被纳入"十三五"规划，首次被纳入五年计划。2017年10月18日，习近平同志在十九大报告中指出，加快生态文明体制改革，建设美丽中国。2019年，习近平新时代中国特色社会主义思想对建设"美丽中国"做了重要论述。

　　建设美丽中国，作为全新的理念，展示了一幅山青水秀人美的如诗画卷，标志着我们党执政理念的重大提升，承载着一代又一代中国共产党人对未来发展的美好愿景，预示着生态文明的中国觉醒已经到来，奏响了新的时代乐章。

"美丽中国"丛书（6册）为甘肃科学技术出版社策划的主题出版物，是一套为广大读者诠释和宣传"美丽中国"理念的通俗读物。丛书以读者品牌为依托，围绕生态文明建设、绿水青山、扶贫攻坚、乡村振兴、匠人匠心等主题从《读者》及系列子刊等刊物、网站、图书、微信公众号发表的文章中，精选近300篇文章，汇编成册，整体反映"美丽中国"建设成就和风貌。丛书在策划、编辑出版过程中，得到了读者出版集团、读者出版传媒期刊出版中心等单位的指导和帮助，在此深表谢意！同时也得到了绝大多数作者的理解和支持，没有他们的授权和认可，就没有本丛书的出版面世，也就少了一个宣传和践行生态文明理念的平台，所以更应向他们致以最真诚的感谢！我们在编选过程中做了大量细致的工作，但即便如此，仍有部分作者未能联系到，对此深表歉意，敬请这些作者见到图书后尽快与我们联系。联系方式为：甘肃科学技术出版社（甘肃省兰州市城关区曹家巷1号甘肃新闻出版大厦，730030，联系人：马婧怡，0931—8152382）。

"美丽中国"的实质，就是引导人们在保护自然中发展经济，在经济发展中保护自然，真正实现经济社会发展与生态环境保护相统一、相协调。"美丽中国"丛书反映的就是山美、水美、人美，环境美、生活美、一切美。通过这些优秀文章和故事，凸显"美丽中国"的内在意义和精神主旨，整体展现"美丽中国"的全部内涵和丰富外延。习近平总书记说，人与自然是生命共同体，人类必须尊重自然、顺应自然、保护自然。还自然以宁静、和谐、美丽。这也是本丛书的策划初衷和最终的目标，也是出版人"不忘初心，牢记使命"的职责所在。

丛书从策划、编选至出版发行，历时两年，在 2021 年这个春光明媚的三月，终于如雨后春笋，瞬间碧绿修长升，为读者撑起一方心灵绿荫，这是春天带给我们最好的礼物。

编　者

2021 年 3 月